Juin/2001   12.95$

Du bonheur de vivre et de mourir en paix

BEACONSFIELD
BIBLIOTHÈQUE • LIBRARY
303 Boul. Beaconsfield Blvd., Beaconsfield, P.Q.
H9W 4A7

Du même auteur

AUX ÉDITIONS DU SEUIL

Cent Éléphants sur un brin d'herbe
Enseignements de sagesse
Seuil, « Points Sagesses », 1990

Sa Sainteté
le Dalaï-Lama

Du bonheur de vivre et de mourir en paix

TRADUIT DE L'ANGLAIS
PAR CLAUDE B. LEVENSON

Calmann-Lévy

Titre original : *The Joy of Living and Dying in Peace*
Éditeur original : Library of Tibet Inc.
© 1997, Library of Tibet Inc.

ISBN 2-02-035757-7
(ISBN 2-7021-2860-2, 1ʳᵉ publication)

© Éditions Calmann-Lévy,
pour la traduction française, 1998

Le Code de la propriété intellectuelle interdit les copies ou reproductions destinées à une utilisation collective. Toute représentation ou reproduction intégrale ou partielle faite par quelque procédé que ce soit, sans le consentement de l'auteur ou de ses ayants cause, est illicite et constitue une contrefaçon sanctionnée par les articles L. 335-2 et suivants du Code de la propriété intellectuelle.

INTRODUCTION

J'offre cet enseignement à ceux qui n'ont ni le temps ni l'occasion d'étudier longuement. Je n'ai rien à dire qui ne l'ait déjà été : vous ne trouverez pas dans cet ouvrage de nouvelles informations ou des mots nouveaux ; mieux vaut essayer d'utiliser mes explications en vue de transformer votre esprit. Il ne suffit pas d'avoir simplement lu ou écouté quelque chose, il faut persévérer dans l'effort afin d'en faire usage dans votre pratique spirituelle. C'est uniquement de la sorte que cet enseignement vous sera réellement bénéfique.

Le Bouddha lui-même l'a dit : « Ne faites rien de mal ; gardez les meilleures vertus ; transformez complètement votre esprit. » Il faut suivre son conseil parce que, du fond du cœur, personne ne veut souffrir ; nous voulons tous être heureux. La souffrance résulte d'actions négatives et inadéquates, alors que le bonheur vient des actions positives. Cependant, éliminer le négatif et cultiver l'action positive n'est guère possible en modifiant simplement notre conduite physique ou verbale : cela ne peut se faire qu'en transformant l'esprit.

Dans la vie, il faut se fixer des buts, puis déterminer s'ils sont à notre portée. Dans la pratique du bouddhisme, nous cherchons à atteindre le nirvana et la bouddhéité. En tant qu'êtres humains, nous avons la chance de pouvoir y parvenir. L'éveil que nous recherchons vise à nous libérer du fardeau des émotions perturbatrices. La nature intrinsèque de l'esprit étant pure, les émotions qui l'affectent ne sont que souillures temporaires. Il n'est cependant pas possible de les éliminer en se débarrassant de certaines cellules du cerveau. Même les techniques chirurgicales les plus avancées n'y peuvent rien. Seule la transformation de l'esprit peut y parvenir.

Le bouddhisme enseigne que l'esprit est la cause principale de nos renaissances dans le cycle de l'existence et qu'il est également le facteur principal nous permettant de nous affranchir de la ronde de la naissance et de la mort. On y parvient par le contrôle des émotions et des pensées négatives, en développant celles qui sont positives. Il importe de réaliser que cela implique des années de persévérance et de dur labeur : on ne peut s'attendre à des résultats instantanés. Songez à tous les grands adeptes du passé. Dans leur quête spirituelle, ils ont volontairement affronté les pires difficultés. L'histoire du Bouddha en est l'un des meilleurs exemples.

Motivé par la compassion envers tous les êtres sensibles, Bouddha Śākyamuni est né prince royal il y a plus de deux mille cinq cents ans en Inde. Dès l'enfance, il était accompli en connaissance et en compassion. Il savait que, par nature, nous voulons tous être heureux et ne pas souffrir. La souffrance n'est pas toujours quelque chose qui vient de l'extérieur. Si nous ne souffrions que de la famine ou la sécheresse, nous pourrions nous en protéger, par exemple en stockant de la nourriture. Toutefois, des souffrances comme la maladie, le vieillissement et la mort sont liées à la nature même de notre existence, et nous ne pouvons les surmonter extérieurement. Nous avons en nous un esprit indocile, susceptible de créer toutes sortes d'ennuis, affecté par des pensées négatives tels le doute et la colère. Aussi longtemps que nos esprits en sont la proie, même si nos vêtements sont douillets et confortables, nos nourritures délicieuses, nos problèmes ne seront pas résolus.

Le Bouddha a observé tout cela, et a perçu que notre malheur vient de notre esprit indiscipliné. Il a constaté que nos esprits sont tellement rebelles que, souvent, on n'en dort pas la nuit. Devant tant de souffrances et de tourments, il a été assez sage pour se demander s'il n'y avait pas de méthode pour les surmonter.

Il comprend alors que mener la vie de prince dans un palais n'est pas le moyen d'éradiquer la souffrance. C'est même plutôt un obstacle. Il abandonne donc tous les conforts de sa condition, y compris sa femme et son fils, pour une vie d'errance. Au cours de sa quête, il consulte maints enseignants et écoute leurs instructions. Il trouve certains de leurs enseignements utiles, mais ils n'apportent pas de solution définitive à l'élimination de la souffrance. C'est pourquoi il entreprend une période de six ans d'ascétisme rigoureux. En renonçant à toutes les facilités qui étaient siennes en tant que prince et en s'engageant dans une stricte ascèse, il réussit à consolider sa compréhension méditative. Assis sous l'arbre de la bodhi, il l'emporte sur les forces d'obstruction et accède à l'éveil. Ensuite, en se fondant sur ses propres expériences et sa réalisation, il commence à enseigner, à actionner la roue de la doctrine.

Ainsi, le Bouddha n'était pas d'emblée un bouddha. Sa vie a commencé comme la nôtre, comme celle d'un être sensible ordinaire. Il a connu les mêmes souffrances que nous : la naissance, la vieillesse, la maladie et la mort. Il avait des pensées et des sentiments, de joie ou de douleur, comme nous. Mais en raison de sa solide pratique spirituelle intégrée à la vie, il a pu parcourir les divers échelons de la vie spirituelle jusqu'à l'éveil.

Nous devons le prendre pour exemple. Nous avons la chance d'être entrés dans cette vie en tant qu'êtres humains libres. Tout en étant sujets à des souffrances diverses, nous sommes des êtres intelligents, doués de discernement. Nous avons rencontré l'enseignement vaste et profond du Bouddha, et mieux encore, nous sommes capables de le comprendre ; il nous faut essayer, avant de mourir, d'utiliser cette précieuse occasion de réaliser à coup sûr le dharma, les enseignements du Bouddha. Ainsi, nous n'aurons pas peur de la mort. Un bon pratiquant peut mourir tranquille et sans regret, car son potentiel humain est accompli. Autrement, si sous forme humaine nous sommes incapables de laisser la moindre empreinte positive sur nos esprits et si nous n'accumulons que des actions négatives, notre potentiel humain aura été gaspillé. Être responsable de maux et de la destruction d'autrui, c'est être davantage une force du mal qu'un être humain. Faites donc de votre vie quelque chose de constructif, et non de destructeur.

Trop nombreux sont ceux qui ont le dharma juste au bout des lèvres. Au lieu d'en user pour détruire leurs propres pensées négatives, ils le regardent comme une possession dont ils sont les seuls détenteurs et l'utilisent dans des buts destructeurs. Que nous soyons bouddhiste, hindou, chrétien, juif ou musulman, il ne suffit pas de nous satisfaire de l'estampille. L'important, c'est d'extraire le message des différentes traditions religieuses et de s'en servir afin de transformer nos esprits indociles. En bref, en tant que bouddhiste, il nous faut suivre l'exemple du Bouddha Śākyamuni lui-même.

Parfois, quand je songe à la vie du Bouddha, je ressens comme un malaise. Bien que son enseignement puisse être interprété à différents niveaux, l'évidence historique témoigne que, durant six ans, il s'est livré à une pratique ardue. Ce qui indique que l'esprit ne saurait être transformé uniquement en dormant, en se reposant et en jouissant de tous les agréments de la vie ; que l'on ne peut atteindre l'éveil qu'au terme d'une longue période d'épreuves et de rudes efforts, grâce à la méditation, la solitude et la pratique, sans emprunter de raccourcis.

En cherchant refuge en Bouddha réellement du fond du cœur, nous sommes voués à prendre exemple sur lui. Dès lors qu'il s'agit de faire un effort et d'affronter des difficultés, il importe de savoir comment s'y prendre. Ce n'est pas comme si nous pouvions accéder à l'éveil en nous contentant de passer des épreuves et de multiplier les efforts. Dans la tradition bouddhiste, il faut foi et dévotion, mais couplées avec l'intelligence et la sagesse. Il est bien sûr possible d'arriver à un certain développement spirituel par la dévotion et la foi, mais atteindre le nirvana et l'éveil exige aussi la sagesse.

Afin de cultiver les qualités positives qui nous font défaut et de fortifier en les développant celles que nous avons déjà façonnées, il est capital de comprendre les différents niveaux de sagesse. Il importe de concentrer notre intelligence et notre sagesse sur le sujet juste. Pour développer la sagesse, il faut trouver l'occasion d'appliquer notre intelligence à un aspect approprié de l'enseignement. En conséquence, Bouddha Śākyamuni ne nous demande pas simplement d'avoir foi en lui. Il ne résout pas tous nos problèmes en disant : « Ayez foi en moi. » Il a commencé par enseigner les Quatre Nobles Vérités, puis, sur cette base, il a donné des enseignements de plusieurs niveaux, posant les étapes de la voie à suivre.

La collection des propos du Bouddha traduits ne serait-ce qu'en tibétain comporte plus de cent huit volumes, ce qui illustre l'ampleur de ses enseignements. Une foi et une sagesse authentiques sont les fruits d'une étude adéquate. Il faut essayer de les comprendre et de les pratiquer, ce qui nous aidera à développer la sagesse, complétée par la pratique de la compassion. Graduellement, nous serons capables de discipliner nos esprits. Dans la philosophie bouddhiste, on ne croit pas que les choses sont créées ou motivées par un quelconque facteur extérieur, ni qu'elles naissent de causes permanentes. Pour nous, l'expérience du bonheur et de la souffrance ainsi que leurs causes sont liées à nos propres actions. Et la qualité de celles-ci dépend de notre état d'esprit — maîtrisé ou non.

Car en réalité, notre bonheur se trouve entre nos mains ; la responsabilité en repose sur nos propres épaules ; nous ne pouvons attendre simplement que quelqu'un nous apporte le bonheur. Pour l'expérimenter, il faut identifier ses causes et les cultiver, comme il faut identifier les causes de la souffrance pour les éliminer. En sachant ce qu'il convient de pratiquer et ce qu'il faut abandonner, la joie vient naturellement.

L'ignorance, entendue ici comme conception erronée du soi, est la racine de la souffrance. Les innombrables tourments que nous rencontrons viennent de là, de cette compréhension faussée. En déclarant que par compassion, le Bouddha a écarté tous les points de vue erronés, cela signifie que dans cet esprit, il œuvrait en faveur de tous les êtres sensibles. Afin que tous puissent en bénéficier, il a formulé des enseignements de degrés divers, tous dégagés d'idées fausses ou négatives. Par conséquent, par la compréhension du point de vue juste et sa mise en pratique, tous ceux qui le suivent sont à même d'éliminer la souffrance. Nous rendons hommage au Bouddha Śākyamuni pour avoir donné ces sublimes instructions.

Le Bouddha est un refuge sûr, car il a d'abord développé la compassion, puis il a passé le reste de sa vie à la générer, la cultiver et la nourrir. Il en va de même dans la vie ordinaire ; la confiance accordée à telle ou telle personne dépend aussi de la compassion. Quand quelqu'un en est dépourvu, on ne peut guère compter sur lui (ou sur elle), même s'il est intelligent et bien éduqué. L'éducation à elle seule ne suffit pas, la qualité fondamentale qui rend les gens sensibles aux autres, c'est la compassion. Quiconque en fait preuve ou montre un esprit bénéfique à autrui est digne de confiance. La qualité cardinale du Bouddha est précisément cet esprit désireux d'œuvrer en faveur d'autrui, soit la compassion. Pour avoir développé ces qualités positives en lui-même, il a le pouvoir et la capacité d'en expliquer l'importance. Nous pouvons nous confier à pareil maître.

Et pourtant, il ne suffit pas que le Bouddha soit infaillible, il nous faut encore savoir comment suivre son exemple. Il faut savoir comment s'écarter du faux chemin et comment suivre les voies positives. Même sans expérience directe des enseignements bouddhiques, en comprenant un tant soit peu ces choses-là, on est en meilleure posture pour affronter les souffrances et les ennuis auxquels on se trouve confronté.

On peut imaginer qu'à l'instant où deux individus se trouvent face à un même problème, selon qu'ils ont ou non une idée de la voie spirituelle, leur approche sera radicalement différente. Au lieu de réduire les difficultés, celui qui n'a aucune compréhension spirituelle risque de les aggraver par la colère, la jalousie, etc. Grâce à son attitude mentale, quiconque un tant soit peu enclin à la démarche spirituelle sera à même d'y répondre plus ouvertement et plus sincèrement. Même sans pouvoir stopper les souffrances, une certaine compréhension des enseignements du Bouddha et un peu d'expérience en la matière permettent de mieux faire face aux problèmes. Il en tirera forcément bénéfice dans sa vie quotidienne.

Les domaines du cycle de l'existence sont aussi *impermanents* que des nuages d'automne. Les allées et venues des êtres peuvent se percevoir comme les scènes d'un drame. Ils naissent et meurent à la façon des personnages qui évoluent sur une scène. De par cette *impermanence*, il n'est point de sécurité durable. Aujourd'hui, nous avons la chance de vivre en tant qu'êtres humains. Comparée à celle des animaux ou des créatures des mondes infernaux, la vie humaine est très précieuse. Il n'empêche, on a beau la considérer comme telle, elle s'achève finalement par la mort. À réfléchir à l'ensemble de l'existence humaine, du début à la fin, on découvre qu'il n'y a ni bonheur ni sécurité durables.

La naissance elle-même s'accompagne de souffrances. Après viennent la maladie et le vieillissement. Chaque fois, on se retrouve dans des situations non désirées. Certaines, comme la guerre, sont le fait de l'homme. Mais aussi longtemps que l'on naît dans le cycle de l'existence et aussi longtemps que les émotions perturbatrices nous empoisonnent l'esprit, il ne saurait y avoir ni paix ni bonheur durables. Fruits, fleurs, racines, feuilles et branches, l'arbre vénéneux dans son ensemble est imprégné de poison. Et comme l'existence elle-même advient sous l'empire des émotions aliénantes, tôt ou tard, on est voué à buter sur les tourments qui en découlent. Dans la mesure où la maladie et la mort sont de la nature de l'existence, il n'y a pas lieu d'être surpris quand elles surviennent. C'est dire que, si nous en pâtissons, il faut mettre un terme à ce cycle, arrêter de naître et de renaître sans fin. Aussi longtemps que les trois principaux facteurs perturbateurs que sont le désir, l'aversion et l'ignorance nous poursuivent, nous ne cesserons d'être ballottés dans le courant insatisfaisant des expériences. Dès qu'elles surgissent dans l'esprit, les émotions ne laissent pas le moindre répit. Il s'agit donc de répondre à la question cruciale : comment s'en débarrasser ?

Les émotions aliénantes ne sont pas de même nature que l'esprit. Si cela était, toute présence de l'esprit impliquerait également la leur. Tel n'est cependant pas le cas. Ainsi, quelqu'un peut être en général très colérique, mais est-il emporté ou furieux tout au long de la journée ? Il arrive aussi à des gens de mauvais caractère de sourire ou de se détendre. C'est donc que même des émotions perturbatrices très fortes ne sont pas indissociables de l'esprit. Fondamentalement, ils sont séparés.

Ces émotions dépendent de l'ignorance. Comme le sens du toucher imprègne l'ensemble de notre corps physique, l'ignorance règne sur toutes les émotions aliénantes. Il n'en est point qui ne soit liée à l'ignorance. Il faut donc chercher ce qu'il en est. Il s'agit d'un état d'esprit négatif très puissant qui induit ces émotions. L'ignorance nous projette dans le cycle de l'existence. Mais aussi forte soit-elle — elle, ou la conception erronée du soi —, c'est une conscience faussée ou gauchie. Il existe d'autres états d'esprit ou de conscience qui peuvent agir comme antidote à l'ignorance. En prenant appui sur les premiers, on peut se débarrasser de la seconde. La nature de l'esprit n'est que clarté et conscience. Dans notre nature fondamentale, il n'existe pas d'émotions perturbatrices ; elles ne sont qu'obstructions temporaires de l'esprit. Donc, elles peuvent en être extirpées. Un jour, l'esprit s'éveillera, car sa nature est clarté et conscience.

Il se peut que vous n'ayez aucune expérience personnelle convaincante de ces réalités. Mais par l'étude, la logique et l'analyse, vous serez graduellement convaincu de la possibilité de débarrasser l'esprit de ce qui le trouble. En général, il s'agit d'un état dépourvu d'émotions aliénantes, appelé nirvana, et nous pouvons y accéder dans notre propre esprit. Puisque nous la récusons et qu'il est possible d'y mettre un terme en accédant au nirvana, méditer la souffrance a un but. En comprenant qu'elle participe de la nature de l'existence, on s'engagera dans la pratique de l'éthique, de la méditation et de la sagesse. On saisira alors que, pour belles qu'elles apparaissent, les choses elles-mêmes sont de la nature de la souffrance.

Pour cultiver une aspiration au nirvana, il faut vouloir une meilleure existence future. Auparavant, il convient d'apprécier l'importance de la vie présente. Sans comprendre l'utilité de la vie actuelle ni savoir comment mener une existence sensée en cultivant la compassion et l'attention à autrui, peut-être ne vaut-il même pas la peine de discuter de l'éventualité de qualités supérieures dans des vies futures. Puisqu'il est possible de s'affranchir du cycle de l'existence, il est essentiel d'entraîner l'esprit à rechercher la bouddhéité. On peut cultiver cette motivation en songeant que tous les êtres sensibles nous sont semblables dans le désir de bonheur et le rejet de la souffrance. Chacun d'entre nous peut donc former le vœu de mener un nombre infini d'êtres sensibles jusqu'à l'état suprême et insurpassable de la bouddhéité. Dans ce but, il nous faut nous familiariser avec la voie qui y conduit, et qui comporte les qualités jumelles de la méthode et de la sagesse.

Selon les textes, le Bouddha, le dharma et la communauté spirituelle sont le refuge de ceux qui veulent la libération. Il y a maintes façons de chercher refuge. Quand le soleil brûle, on s'abrite à l'ombre d'un arbre. Quand on a faim, on mange. Pareillement, dans l'espoir d'une récompense ou d'un profit temporaire, on se réfugie auprès des dieux et esprits locaux. On trouve des voies diverses pour se mettre à l'abri dans toutes les traditions religieuses. Pour les bouddhistes, le nirvana ou l'état authentique de cessation de la souffrance est le vrai refuge.

Qu'est-ce que le nirvana, cet état de paix ? Quand bien même nous ne souhaitons pas souffrir, nous en faisons l'expérience parce que nos esprits sont sous l'emprise des émotions aliénantes. En raison de cette indiscipline de l'esprit, nous accumulons les actions négatives. L'indiscipline de l'esprit est donc la cause de la souffrance. Si l'on peut éliminer les causes donnant naissance aux émotions perturbatrices, on atteindra la cessation de la souffrance, appelée nirvana ou libération, un état de bonheur authentique et durable. C'est en cela que le dharma est pour nous un refuge sûr.

Afin de parvenir à la véritable cessation de la souffrance, il faut suivre la voie juste, ce qui implique cultiver en soi des qualités positives. On commence par reconnaître que nos esprits sont sujets à l'ignorance, à la confusion et aux fausses conceptions. À mesure que croît notre compréhension de la nature véritable des phénomènes, on se met à douter de l'existence intrinsèque des choses. On finit par comprendre que les objets auxquels on est attaché, et que l'on a toujours considérés comme bons, n'ont aucune existence intrinsèque ou substantielle. Il en va de même de ce qui nous met en colère. À mesure que nous nous familiariserons avec cette manière de comprendre, notre accomplissement s'approfondira. En fin de compte, on est capable de cultiver la sagesse qui réalise directement la vacuité, la nature vraie des phénomènes. C'est comme allumer une lampe dans l'obscurité. Ce qui ne signifie pas pour autant que l'on puisse éveiller l'esprit d'un coup, en dissipant les ténèbres de l'ignorance comme en allumant une torche électrique. Cultiver les qualités mentales se fait graduellement.

Il existe dans diverses traditions religieuses nombre de bonnes instructions en vue de cultiver l'amour et la compassion, mais aucune n'explique l'absence d'existence intrinsèque, ni que chaque chose dépend d'une autre. Seule la tradition bouddhiste explique la libération par la réalisation de la vacuité, la nature réelle des phénomènes. Pour ceux qui désirent s'affranchir ou atteindre le nirvana, il en découle que seuls le Bouddha, le dharma et la communauté spirituelle, c'est-à-dire les Trois Joyaux, sont les refuges imparables. C'est cela que le Bouddha Śākyamuni a enseigné.

Il y a diverses sortes de foi. L'une est claire et pure, qui permet d'apprécier les qualités du Bouddha, du dharma et de la communauté spirituelle. Il y en a ensuite une qui est une forme de confiance. Puis vient la foi d'aspiration. C'est la plus importante, car là, on ne se contente pas simplement de vénérer les qualités du Bouddha, du dharma et du sangha, mais l'on s'efforce d'atteindre soi-même la bouddhéité, les qualités du dharma, et de devenir membre de la communauté spirituelle. En étant capable d'accomplir pareil effort, on est sûr de se ménager une meilleure naissance dans une vie future. En pratiquant sincèrement au quotidien, à l'instant de la mort, on n'a rien à regretter. Ce qui importe au moment de la mort, c'est d'être à même de garder une bonne attitude, d'avoir une motivation pure et positive. On en devient capable grâce à la pratique journalière. Même si l'on a peu de temps à consacrer à une activité spirituelle durant sa vie, rester alerte au moment de la mort et essayer de tourner son esprit vers de bonnes qualités favorise à coup sûr une meilleure renaissance.

Étudier les étapes de la voie à l'éveil et leurs enseignements est très utile pour l'esprit. Ainsi, on acquiert le sentiment de la nécessité d'un effort sérieux à accomplir. Ce faisant, on est à coup sûr capable de progrès spirituel. On peut même accéder à l'éveil. Surtout, il ne faut pas se dire que l'on n'est pas assez intelligent pour pouvoir étudier ces enseignements. En se décourageant soi-même, jamais plus on n'aura l'occasion de les étudier. Il est dit que chacun et chacune, tous les êtres sensibles, y compris les insectes les plus minuscules, possèdent la nature de Bouddha. Nés sous forme humaine, nous avons l'occasion et la capacité de comprendre l'enseignement du Bouddha.

En écoutant ou en lisant ces enseignements, tâchez de les mettre en résonance avec votre esprit. Essayez de découvrir vos états d'esprit faussés, et engagez-vous à les corriger en cultivant des qualités positives. Sans reconnaître ses propres défauts, il est impossible de s'améliorer. C'est ce qui se passe en général : sans y consacrer une attention spéciale, on est incapable de comprendre ses propres manquements. C'est pourquoi on dit d'ordinaire que l'on n'a rien fait de mal. Il est capital de s'observer soi-même. L'une de nos habitudes courantes consiste à mener notre vie quotidienne sans faire attention à ce que nous faisons. D'où l'extrême importance de suivre cet enseignement de manière à ce qu'il contribue à modeler l'esprit. Je n'ai pas beaucoup d'expérience, mais en me fondant sur celle, modeste, qui est la mienne, je puis vous assurer en toute confiance que vous pouvez progresser si vous essayez.

Dans cette vie, nous avons la chance d'être né humain et libre, mais cela ne va pas durer éternellement. Tôt ou tard, il nous faudra affronter la mort. Dès lors, si nous nous retrouvons dans une existence défavorable, il nous sera très difficile de saisir l'occasion de pratiquer le dharma. Nous serons continûment affligés de tourments divers. C'est pourquoi maintenant et à l'avenir, il est capital de s'engager dans la pratique spirituelle afin de garder l'élan en vue de cultiver de bonnes qualités et d'éliminer les négatives. De la sorte, on parviendra à un certain accomplissement et à la compréhension de la voie juste ainsi que de la vraie cessation de la douleur. Une fois tout cela bien assimilé, on saura apprécier à sa juste valeur comment et pourquoi le Bouddha est un maître valable et de confiance. Ainsi, on comprendra mieux ses enseignements.

Il ne suffit pas d'être né à une existence favorable comme humain ou dieu. Sans avoir maîtrisé et éliminé les facteurs aliénants de l'esprit, on n'aura l'occasion d'expérimenter ni joie ni paix durables. Une fois que l'on a un tant soit peu compris ce que veut dire la voie juste et l'authentique cessation de la souffrance, on est capable de comprendre qu'il existe de puissants antidotes aux émotions perturbatrices, et qu'il est possible d'y mettre un terme. À partir de là, on peut cultiver une forte aspiration au nirvana, la cessation de nos tourments personnels. Mais ce n'est pas encore suffisant. Il nous faut continuer à cultiver plus loin un esprit visant à accéder à la bouddhéité pour le bien de tous les êtres sensibles, afin de les affranchir de la souffrance.

J'ai tenté d'expliquer ces enseignements en me fondant sur ma propre expérience, qui peut être efficace aussi pour votre propre esprit. En tant que pratiquants spirituels, il faut voir loin. En posant une fondation solide, on peut construire quelque chose de valeur. Évidemment, cela prend du temps, mais si l'on est assez clairvoyant pour s'y consacrer et que l'on persévère dans l'effort, on sera en mesure de se faire une vie spirituelle qui en vaille la peine. Même si la bouddhéité semble un but lointain, quand il s'agit de pratique quotidienne, il faut commencer par le commencement et bâtir sur cette assise. À la fin, on accède à l'éveil. Pour pratiquer, il importe de savoir quoi faire et comment le faire. C'est pourquoi on lit ou l'on écoute des enseignements comme celui-ci.

L'ESPRIT D'ÉVEIL

Le bouddhisme attache une importance capitale à la recherche intérieure, à l'entraînement visant à développer l'esprit. D'un point de vue bouddhiste, enseigner et étudier le dharma n'est pas simplement un but académique : il s'agit en fait de discipliner notre esprit rétif et d'éveiller la nature de Bouddha. Nous avons le potentiel d'éliminer les facteurs obstruant l'esprit et d'y gagner les pouvoirs extraordinaires qui en résultent.

Je suis heureux de savoir qu'il y a des personnes intéressées par les enseignements du Bouddha sans être elles-mêmes nécessairement bouddhistes. Les présentations philosophiques diverses de nos différentes traditions religieuses visent à satisfaire les dispositions mentales et les besoins variés de tous. Formes et méthodes diverses de pratique ont en commun d'aider les gens à s'améliorer et à mener une vie meilleure. D'où l'importance de l'harmonie entre traditions religieuses distinctes. Afin d'y parvenir, il faut mieux se comprendre mutuellement.

Comme il s'agit ici d'un enseignement bouddhiste, je commencerai par réciter un verset dont les deux premières lignes concernent le refuge en Bouddha, le dharma et le sangha :

> *Jusqu'à accéder à l'éveil je prends refuge
> en Bouddha, le dharma et la communauté spirituelle.*

Et comme il s'agit d'un enseignement du Grand Véhicule, le Mahayana, visant à ce que tous les êtres soient libérés de la souffrance, les deux dernières lignes portent sur le développement de l'esprit d'éveil :

> *En vertu de la lecture ou de l'écoute de cet enseignement puissé-je atteindre l'état de Bouddha pour le bien de tous les êtres errants.*

L'esprit d'éveil est l'intention de parvenir à la bouddhéité en vue d'affranchir tous les êtres du malheur. Mais il ne saurait être développé simplement en y songeant et en priant, pas plus qu'en se contentant de le comprendre intellectuellement. Il ne peut être non plus cultivé en recevant des bénédictions. Il convient d'abord d'apprécier ce qu'il apporte. Il faut le désirer ardemment, le ressentir comme une nécessité pressante, puis le cultiver par la méditation et par une longue habitude.

Si pratiquer est un plaisir, alors notre méditation a toutes les chances de réussir. La noblesse du désir d'être bénéfique à autrui est extrêmement fructueuse : c'est la source principale du bonheur, du courage et du succès dans la vie. Quand l'esprit est plein de méfiance et de mauvaise volonté, on a l'impression que les autres ont de mauvaises pensées à notre égard. Ces sentiments négatifs colorent toutes nos relations avec autrui, et plus souvent qu'à leur tour, ils n'apportent rien de bon. C'est naturel. Plus nous sommes altruistes, plus nous sommes heureux. Plus nous sommes affectés par la mauvaise volonté et la haine, plus nous sommes malheureux.

Que nous soyons à la recherche du bonheur pour

nous ou pour autrui, qu'il s'agisse d'un bonheur à court ou à long terme, le noble esprit de compassion nous est nécessaire dès cette vie. Et si nous souhaitons une meilleure renaissance parmi les humains ou parmi les divinités lors de nos prochaines vies, il nous faut cultiver la bonté du cœur. Une meilleure renaissance implique par exemple ne pas ôter la vie à d'autres êtres. De fait, elle est due au renoncement à tout acte nuisant au corps, à la vie, aux biens, aux amis et aux relations d'autrui, ainsi qu'à la pratique des dix actions de vertu (protéger la vie ; partager ses biens ; observer une éthique sexuelle ; dire la vérité ; parler avec bienveillance ; proférer des paroles apaisantes ; dire des paroles utiles ; cultiver le contentement ; être bienveillant et avoir des vues justes). On accumule les causes positives favorisant une renaissance supérieure en s'abstenant de toute activité nuisible à autrui. Un cœur ouvert aux autres est à la base de cette pratique.

Quand on consulte un médecin, il nous recommande le plus souvent de nous reposer, ce qui signifie davantage que de rester simplement au lit. Se reposer c'est se détendre mentalement, ne pas avoir peur. La détente mentale résulte d'une attitude et de sentiments positifs. Un esprit en proie aux pensées négatives et à une mauvaise volonté latente est incapable de relaxation mentale. Donc, ne serait-ce que pour notre santé physique, quand on nous dit de nous reposer, en un sens, c'est conseiller « d'ouvrir son cœur », ce qui est la meilleure façon d'éviter l'anxiété.

À chaque passant qu'il croisait, le grand érudit indien Atîsha s'enquérait : « Votre esprit est-il bien tourné ? » comme on dit aujourd'hui : « Comment allez-vous ? » En fait, il ne demandait pas directement à son interlocuteur s'il avait le cœur ouvert, mais comment il ou elle se sentait ce jour-là. Pourtant, cette manière de poser la question avait aussi une signification plus profonde. Je ne pense pas qu'Atîsha s'adressait ainsi aux gens uniquement d'un point de vue religieux. Il demandait : « Êtes-vous bien reposé ? » de la façon dont on interrogerait aujourd'hui : « Vous avez bien dormi ? » car le repos est fruit d'un esprit positif.

À l'évidence, il vaut donc la peine de cultiver un bon cœur, mais il faut savoir s'y prendre. Dès lors qu'il s'agit d'entreprendre un entraînement de l'esprit, le bon cœur se réfère à l'esprit d'éveil, qui est le mode ultime, suprême, d'un cœur ouvert. C'est un bel esprit illimité, complété par la sagesse. Les textes expliquent que l'esprit d'éveil se distingue par deux aspirations. Il s'agit d'une conscience mentale induite par, premièrement, une aspiration à réaliser les vœux d'autrui, assistée par, deuxièmement, une aspiration à la bouddhéité.

Que veut dire « complété par la sagesse » ? Voyons un exemple : prendre refuge en le Bouddha. Cet état d'esprit implique d'accepter que le Bouddha, être sans défauts et doué de toutes les qualités, est le refuge suprême. Ce pourrait être un acte de foi. Il y a cependant encore une autre manière de prendre refuge, fondée sur l'analyse, la vérification concernant la nature de ce Bouddha et la possibilité de son existence. À la suite de cet examen, on vient à saisir la nature du Bouddha, qu'il (ou elle) possède un esprit doué de qualités uniques, dénué de toute obstruction. Ayant pénétré la signification de sa supériorité, on peut cultiver un sens approfondi du refuge en Bouddha, fondé sur la conviction. C'est aller bien au-delà de la simple foi.

Cultiver l'esprit d'éveil relève de la même démarche. Il est donc possible d'être un bodhisattva qui n'a pas encore compris la vacuité, mais qui, dans le même temps, aspire de tout son cœur à accomplir les vœux et désirs des êtres sensibles. Sur la base de cette aspiration, il (ou elle) peut générer un esprit visant à la bouddhéité pour le bien de tous les êtres. D'ordinaire néanmoins, quand on parle d'esprit d'éveil, celui-ci se fonde sur un examen se proposant d'évaluer la possibilité d'éliminer les souffrances d'une infinité d'êtres et les moyens d'y parvenir. À partir de ces réflexions et pensées, on scrute le sens de l'éveil, défini par les lignes suivantes :

— la compassion focalisée sur les êtres sensibles ;
— la sagesse ciblée sur l'éveil.

À cultiver le noble esprit d'éveil tendant à l'illumination au profit des êtres, tout en sachant qu'il est possible d'accéder à l'éveil, l'esprit devient à la fois courageux et merveilleux.

La différence est aussi grande quand la compassion est étayée par la sagesse réalisant la vacuité de l'existence intrinsèque. En se concentrant sur un seul être sensible démuni, on génère un fort désir qu'il (ou elle) soit délivré de la souffrance, parce que nous sommes incapables de la supporter. Toutefois, en poussant l'analyse un peu plus loin, on sera à même de voir d'où vient la souffrance. On saisira la possibilité d'éliminer ses causes et de cultiver les antidotes chez la personne elle-même. On sera à même de détecter ce potentiel chez ladite personne, mais également de voir qu'elle nage en pleine confusion à propos du mode d'existence des choses et qu'elle ne sait pas comment cultiver des antidotes positifs. On peut percevoir non seulement que cette personne est en train de souffrir, mais aussi qu'elle s'engage dans nombre d'activités négatives. Elle est dominée par des fautes qui la conduiront à expérimenter à l'avenir des tourments incessants.

En discernant clairement la possibilité d'éliminer

la souffrance et en considérant que, par ignorance, les êtres sensibles ne savent pas encore comment s'en affranchir, on cultive un sens très puissant de compassion. C'est comme voir quelqu'un qui pourrait facilement résoudre un problème, mais qui ne le fait pas — soit par ignorance des moyens, soit par manque d'initiative. En observant la souffrance chez autrui, on comprend qu'il ou elle ne veut pas souffrir. On forme alors un vœu très fort : « Qu'il serait bon de pouvoir éliminer cette peine, puisse-t-elle cesser ! » Si l'on conçoit également les moyens menant à la libération des tourments et si l'on perçoit la souffrance d'autrui sous cet angle-là, la compassion est bien plus puissante.

Lorsqu'on s'entraîne en vue d'accéder à l'éveil, on devrait avoir en ligne de mire deux aspirations : accéder à la bouddhéité et être bénéfique à autrui, c'est-à-dire être davantage soucieux d'autrui que de soi-même. En cultivant une authentique compassion, on se forme à un état d'esprit fortement concerné par la détresse des autres, et on perçoit les êtres qui souffrent comme aimables et agréables. Dans le même temps, il faut néanmoins discerner la nature de la souffrance qui les afflige. Ce double apprentissage se fait séparément.

Afin d'identifier clairement la souffrance, il importe d'abord de songer à notre propre expérience. C'est pourquoi il est dit souvent que l'esprit de compassion et la détermination de s'affranchir des peines du cycle de l'existence sont les deux côtés d'une même médaille. Réfléchir aux misères de notre propre vie et former notre esprit à s'en débarrasser constituent la détermination de se libérer. En appliquant le même vœu de supprimer les maux d'autrui, on cultive la compassion.

Le fondement de la réflexion à nos souffrances et de la détermination de s'en affranchir est constitué par l'enseignement des Quatre Nobles Vérités. C'est l'enseignement cardinal du Bouddha. Les Quatre Nobles Vérités peuvent être classées en deux catégories. Les deux premières vérités, de la souffrance et de son origine, représentent l'ensemble des causes et effets aliénants associés aux émotions perturbatrices et aux douleurs que nous voulons surmonter. Les deux autres, la cessation de la souffrance et la voie, sont un ensemble de causes et d'effets purs. Après avoir réfléchi à la souffrance, on peut se demander que faire. Les deux dernières Nobles Vérités révèlent la voie complète de l'action future. Si cette voie n'avait pas été enseignée ou si elle était impraticable, nous ne ferions que nous punir nous-mêmes en réfléchissant aux deux premières vérités. Il serait plus simple de se détendre et de s'amuser. Mais si l'on nous conseille d'y penser, c'est qu'il y a un moyen de s'en sortir : il est bon d'y réfléchir, car la détermination de s'en affranchir s'en trouve stimulée. D'où l'importance cruciale de l'enseignement des Quatre Nobles Vérités.

Afin d'étayer la méditation, il existe trois façons principales d'envisager la souffrance. Il y a celle de la douleur, celle du changement et celle, générale, qui est la condition même de l'existence. La première concerne les ennuis et autres tracas qui font l'ordinaire de la souffrance. Celle du changement se réfère au bonheur imparfait auquel nous aspirons d'habitude. Ce bonheur est imparfait parce qu'il ne dure pas. C'est pourquoi les expériences heureuses qui tournent mal sont dites souffrances du changement. La base en est le corps physique, qui est sujet à l'action et aux émotions perturbatrices. Celles-ci fournissent les conditions de continuité des incessantes renaissances physiques involontaires. On expérimente une souffrance sans fin parce que telle est la condition de l'existence ; d'où son appellation de souffrance générale du conditionnement.

Chacune des Quatre Nobles Vérités peut s'expliquer en fonction de quatre attributs. Les quatre caractéristiques de la souffrance véritable sont l'impermanence, la souffrance, la vacuité et l'altruisme. L'impermanence se réfère à l'impermanence subtile. Tout produit de la causalité est soumis au changement incessant et à la désintégration. Cette dernière est due aux causes mêmes qui l'ont engendrée. Elle ne dépend pas d'autres causes dérivées. Les causes et les conditions provoquent de réelles souffrances : de par leur nature même, elles se désintègrent et changent d'un moment à l'autre. Ainsi les vraies souffrances dépendent clairement de leurs causes.

À l'examen de cet assemblage de composants physiques et mentaux, que nous prenons pour notre corps et notre esprit, on comprend qu'il est impermanent de nature. Il change d'instant en instant, parce qu'il dépend de causes dont la principale est l'ignorance. Dans la mesure où cet ensemble de composants physiques et mentaux est un produit de l'ignorance, on saisit que sa nature véritable est souffrance.

En réfléchissant à cette impermanence subtile, on finit par comprendre que l'ignorance est la cause fondamentale de nos composants physiques et mentaux. Si longtemps que nous en sommes dépendants, que nous sommes le produit de l'ignorance, où que nous soyons et quelle que soit notre renaissance, nous sommes en dernier ressort sujets à la destruction. Que notre forme physique soit attirante ou repoussante, petite ou grande, elle est soumise au changement. En étant capable de le comprendre du tréfonds de l'esprit, nous ne serons pas découragés par les menues difficultés immédiates. On comprendra que, aussi longtemps qu'on ne sera pas affranchi des émotions aliénantes, il sera impossible de s'assurer un bonheur réel. C'est ainsi que l'on exerce l'esprit.

En entraînant l'esprit de la sorte, on en vient à considérer les émotions perturbatrices comme notre véritable adversaire. Tranquillement installé au cœur de nos cœurs depuis des temps sans commencement, elles ne nous ont apporté que douleurs et nuisances. Une fois qu'elles sont identifiées en tant que telles, on peut commencer à les combattre au mieux de nos capacités. Aux XIIe et XIIIe siècles, les maîtres kadampa, qui étaient de grands pratiquants, disaient : « Même complètement réduits à l'impuissance et terrassés par notre ennemi, ce poids lourd des émotions aliénantes, la seule chose à faire est de serrer les dents. N'acceptez pas la défaite. »

D'une part, il faut cultiver un esprit qui déteste foncièrement ces émotions-là. De l'autre, il faut comprendre que, aussi longtemps que nous demeurerons en proie à l'ignorance, il sera impossible de trouver le vrai bonheur. La question est de savoir s'il est possible ou non de l'éliminer. La troisième vérité, celle de la cessation, y répond clairement. Le Bouddha l'a expliquée d'une façon très détaillée. Le fait que tous les êtres possèdent la nature de Bouddha a deux implications importantes. La première est que les erreurs ou les souillures de l'esprit sont transitoires ; la seconde, que les qualités d'un bouddha peuvent être atteintes. En examinant ces deux assertions, on en déduit qu'il est possible de faire cesser la douleur. De la sorte, on cultive un désir authentique du nirvana, ou de libération.

Face à ces défauts du cycle de l'existence, y aurait-il une autre manière de vivre ? Une fois que l'on a conscience du nirvana, la volonté se manifeste d'y accéder. Les émotions perturbatrices sont l'obstacle majeur à la libération. Ainsi, on finit par les percevoir comme l'ennemi à abattre, tandis qu'advient le désir de le vaincre. Au début, c'est un adversaire redoutable. Comme l'ignorance est la cause principale de ces émotions, c'est avec elle qu'il faut en finir. La sagesse qui comprend l'altruisme est l'unique facteur réellement capable d'y parvenir. En comprendre seulement la signification ne suffit pas pour la cultiver. Songer de temps à autre à ce que veut dire altruisme n'est pas tout. Il faut méditer cette signification, ou la vacuité focalisée en un point. C'est seulement en approfondissant cette notion que nous serons graduellement capables d'éliminer les degrés divers des émotions aliénantes. En bref, il est nécessaire de méditer et de se familiariser longuement avec la notion d'altruisme.

Pour cultiver cette aptitude spécifique, on a besoin du support de la méditation stabilisatrice. S'abstenir de toute conduite négative est son assise. Jusqu'à ce que l'on soit à même de mener l'offensive contre les émotions perturbatrices, il faut d'abord adopter une attitude défensive afin de contrôler nos attitudes négatives. L'accumulation au petit bonheur de nos travers découle de la domination des émotions aliénantes.

Les principaux méfaits commis sous cette emprise se résument en dix actions incorrectes. Sur le plan physique, cela comprend tuer et voler, ainsi que l'inconduite sexuelle. Sur le plan verbal, c'est mentir, semer la zizanie, parler rudement et médire. Sur le plan mental, c'est l'envie, l'intention nuisible et la vue fausse. Quand on risque de s'engager dans l'une de ces dix actions, il faut appliquer les antidotes, c'est-à-dire pratiquer les dix vertus. Pour cela, il faut être convaincu de la validité du principe de la cause et de l'effet, la loi du karma. Si l'on accumule des causes de nature nuisible, quand elles arrivent à maturité, la souffrance est au rendez-vous. En s'engageant dans des actions de nature bénéfique, il en résulte paix et bonheur. Plus forte sera notre conviction que les bons résultats naissent de bonnes causes, alors que les mauvais résultats sont dus à des causes pernicieuses, plus il nous sera aisé d'adopter des pratiques positives et de renoncer aux négatives.

Notre naissance à la vie présente est dotée d'un potentiel unique. Les humains sont pareils aux autres êtres sensibles pour ce qui est d'être doués de vie, mais ils ont l'immense avantage de l'ingéniosité et de l'intelligence. En reconnaissant que la vie humaine offre une occasion inestimable, on sera capable d'utiliser notre intelligence à bon escient. Par exemple, ayant saisi leurs conséquences négatives, on est à même de voir pourquoi les dix actions mauvaises sont erronées. S'y engager nous projettera dans des existences misérables, comme le règne animal. Pour en évaluer les peines, il suffit d'observer la vie des bêtes. Dans la mesure où nous ne voulons pas en expérimenter de semblables, on les évite en réalisant qu'elles découlent d'actions négatives. Former ainsi graduellement l'esprit nous permettra d'identifier la souffrance et de cultiver la détermination de nous en affranchir.

Une fois clairement perçues les misères qui nous affligent, il convient de changer de sujet et de réfléchir de façon analogue aux souffrances des autres êtres sensibles. Ensuite, il convient de cultiver l'aspiration à être bénéfique à autrui. Les êtres qui souffrent ne nous sont pas étrangers ; notre propre bonheur et nos tourments futurs en dépendent pour beaucoup. En effet, même en nous échinant à la poursuite de nos propres intérêts, plus nous cultivons un esprit désireux du bien d'autrui, plus vite nos propres buts seront réalisés. C'est pourquoi cultiver un esprit noble désireux d'être utile à autrui est merveilleux.

Il faut donc systématiquement entraîner l'esprit à

voir tous les êtres sensibles comme proches et sympathiques. Pour commencer, il convient de méditer l'équanimité mentale. Normalement, on se sent proche de ceux qui nous apportent quelque chose et dont on dit qu'ils sont nos amis ou nos parents.

De ceux avec qui l'on ne se trouve pas présentement en bons termes, on dit qu'ils sont nos ennemis, et il y a une distance entre eux et nous. Par exemple, quand nous autres Tibétains entendons parler des souffrances et des tragédies qui ont cours au Tibet, nous nous réunissons au temple pour prier ensemble. Mais quand on entend parler d'inondations en Chine, au lieu de prier pour les victimes, on aurait tendance à s'en réjouir. C'est trahir clairement la partialité de notre pratique spirituelle. L'exercice de l'équanimité vise à corriger ce penchant. Ceux qui aujourd'hui sont nos amis ne l'ont pas nécessairement été au cours de toutes nos vies passées. Parfois, ils ont été nos ennemis. De même, d'aucuns que nous considérons actuellement comme nos ennemis ne l'ont pas toujours été au cours d'autres existences ; ils ont fort bien pu être nos amis. Donc, il n'y a pas de raison valable à une telle partialité. Même dans notre vie actuelle, comme l'a dit le grand érudit Gongthang, nos meilleurs amis supposés deviennent nos pires ennemis pour un seul mot de travers, et vice versa. C'est cette partialité qu'il convient d'éliminer, car elle se fonde sur l'attachement et l'animosité. Aussi longtemps que perdureront pareils sentiments, nous ne serons pas capables de percevoir l'identité de tous les êtres sensibles. En revanche, une fois que l'on est à même de cultiver le sentiment que tous les êtres sont égaux, on est en mesure d'apprécier leur bonté.

Ainsi, notre adversaire déclaré devrait être les émotions perturbatrices, et pas nos semblables, eux aussi submergés et affligés par elles. En cultivant la compassion, il importe de comprendre d'abord clairement ce que l'on entend par divers niveaux de souffrance. D'ordinaire, en voyant des personnes handicapées ou affectées par une douleur physique, on ressent d'emblée de la compassion à leur égard. Mais en voyant des gens riches ou bien éduqués, au lieu de la compassion, c'est de la jalousie que l'on ressent, et l'on veut les concurrencer. Preuve que notre compassion est partiale et bancale, faute d'avoir conscience des souffrances omniprésentes dans l'esprit de tous les êtres sensibles. C'est pourquoi il est tellement important de reconnaître en nos propres émotions perturbatrices l'ennemi véritable. Une fois cela entendu, on sera capable de saisir les problèmes qui surgissent dans l'esprit d'autrui en raison de ces mêmes émotions. La compassion doit être cultivée à l'égard de tous les êtres sensibles. Identifier un groupe déterminé en tant qu'amis ou proches, et avoir envers eux un sentiment particulier est en fait de l'attachement, non pas une authentique compassion. Et le résultat d'un attachement obsessionnel, c'est la souffrance. Il nous faut donc cultiver un sens d'équanimité à l'égard d'autrui, dépourvu de partialité, d'attachement ou de haine.

Le pas suivant consiste à percevoir tous les êtres sensibles comme nos parents. Il n'est guère d'être vivant qui ne nous ait été apparenté dans le passé. À l'avenir aussi, ils seront sûrement à nouveau nos amis ou nos parents. Dans cette perspective, il faut essayer de nous souvenir de leur bonté quand, par exemple, ils ont été nos mères. Ensuite, nous devons songer à leur rendre la pareille. Après, il est nécessaire de cultiver une nouvelle fois l'équanimité, en se concentrant sur l'égalité entre eux et nous. Indépendamment de leur histoire propre, tous les êtres sensibles sont semblables dans leur désir de bonheur et leur rejet de la souffrance. Il convient donc d'exercer notre esprit à penser que, puisque les autres sont pareils à nous-mêmes, il est inadéquat de faire une différence entre eux, d'avoir de la haine pour les uns et de l'attachement pour les autres.

Une façon spéciale de se remémorer la bienveillance d'autrui est de songer que tous les êtres sensibles ont été bons ou bénéfiques pour nous, non seulement parce qu'ils nous ont été apparentés, mais aussi de mille autres manières, directes ou indirectes. Songeons à notre existence actuelle. Nous sommes tous liés les uns aux autres. Tout ce dont nous nous servons est le produit du travail d'autrui. Les biens manufacturés sont réalisés par des ouvriers dans des usines. Les matières premières utilisées pour les produire sont extraites de terre par d'autres personnes. Toutes les facilités et le confort dont nous disposons en lisant ou en écoutant cet enseignement résultent du travail d'innombrables êtres obligeants. Nous profitons de leur peine. De même, nous sommes capables de cultiver le précieux esprit d'éveil uniquement parce que d'innombrables laissés-pour-compte sont dépourvus de guide. C'est de par la bonté d'êtres bienveillants qu'il nous est possible de le faire. L'accomplissement suprême de la bouddhéité n'est lui-même possible que grâce à la bonté des êtres sensibles. Non seulement nous sommes pareils aux autres, mais encore ils sont très bons envers nous. Ainsi, au souvenir de leurs bontés, on est en mesure de percevoir autrui comme proche et attirant. On peut ainsi percevoir l'amabilité des êtres au début, au milieu et à la fin.

Après ces considérations sur les bontés d'autrui, il faut également réfléchir aux erreurs de notre propre attitude égoïste et aux bénéfices de se soucier davantage du bien-être d'autrui. Ayant soupesé les avantages et les désavantages de ces deux attitudes opposées, on sera à même de cultiver un esprit désireux de pratiquer l'échange avec l'autre. Jusqu'à présent, nous nous sommes considérés nous-même comme précieux. Maintenant, reportons ce souci sur autrui et considérons-les à leur tour de cette manière. Jusqu'ici, nous avons simplement négligé les autres. On reconnaîtra dorénavant que, comparés à l'importance de réaliser les vœux de tous les autres êtres sensibles, nos besoins personnels sont insignifiants. C'est à cela que se réfère la pratique de l'échange avec autrui.

En exerçant l'esprit dans ce sens, indépendamment du comportement des autres, on sera en mesure de cultiver une façon de percevoir tous les êtres sensibles comme agréables et attirants. Les pratiques dites « donner et prendre » sont enseignées sur cette base. Donner se concentre d'abord sur l'amour, car ici, donner signifie imaginer d'offrir aux autres vos bonheurs et vos vertus. Prendre se focalise en premier lieu sur la compassion, car en ce sens, cela signifie imaginer prendre sur soi tous les malheurs et les manquements d'autrui. En pratiquant ces exercices, on cultive un sens particulièrement fort de la responsabilité. De la sorte, l'esprit se forme à œuvrer au bénéfice des autres.

Comme je l'ai expliqué, une fois que nous sommes convaincus de la possibilité d'atteindre le nirvana pour nous-mêmes, nous nous rendons compte qu'il en va de même pour les autres. Sur la base de cette compréhension, on développe l'aspiration, ou le désir, de mener tous les êtres au nirvana. On cultive ensuite l'idée que pour ce faire, il convient d'abord d'accéder soi-même à l'éveil. Il n'y a pas d'autre choix. Si bien que l'on souhaite y parvenir en tant que moyen d'aider les autres et de réaliser leurs vœux. Ce qui requiert une résolution inébranlable, du courage et un véritable engagement. Cet état d'esprit est appelé l'esprit d'éveil.

Plus on cultive un esprit désireux d'être bénéfique

à autrui, plus vastes seront notre paix et notre bonheur. Intérieurement en paix, nous serons plus à même de contribuer au bonheur et à la paix des autres. Transformer l'esprit et développer une attitude positive sont la source première du bonheur de nombreuses vies à venir. Garder une attitude positive donne l'occasion de rester détendu, de devenir plus courageux et de ne pas se laisser abattre. En ce qui me concerne, je me suis efforcé d'imprimer des traces positives dans mon esprit en étudiant assidûment les étapes de la voie et en me familiarisant avec elles. En conséquence, lorsque j'ai des problèmes à affronter, je les trouve plus faciles à résoudre, car j'ai conscience des maux propres aux domaines de l'existence. Quand je me souviens que tout est sujet à destruction et que les souffrances sont vouées à advenir, je ne perds pas courage. Et bien entendu, jamais je n'ai songé à me suicider. Ce qui indique clairement que l'enseignement peut réellement nous aider dans la vie.

J'ai maintenant plus de soixante ans, et j'ai acquis suffisamment d'expérience pour pouvoir dire avec certitude que l'enseignement et les instructions du Bouddha sont aussi pertinents que valables. Si vous mettez sincèrement en pratique leur essence, nul doute qu'elle vous sera utile dans cette vie et dans celles à venir, à vous et à tous les autres. Ce savoir indique aussi comment préserver l'environnement et vivre en harmonie avec lui. Ce n'est pas comme si ces enseignements avaient été utiles une fois, au temps jadis, et ne l'étaient plus maintenant. Ils sont parfaitement applicables et profitables aujourd'hui.

Quand on nous conseille de nous engager dans ces pratiques, ce n'est pas simplement pour préserver la tradition. Néanmoins, le temps consacré à lire et à réfléchir à ces enseignements est une importante contribution à la tradition. Cela nous aide aussi à créer dans notre esprit une valeur spirituelle. Lorsque l'on bâtit un temple ou un stupa, chacun l'apprécie et y voit une pratique du dharma. Cependant, aussi rigoureuses soient-elles, les constructions extérieures s'écroulent et se désintègrent. Ce que nous créons dans notre esprit dure bien plus longtemps.

Le plus important, c'est d'abord de nous préparer à utiliser fructueusement notre vie présente et de nous assurer l'occasion et la capacité de pratiquer au cours des prochaines. Il faut ensuite bien comprendre que tous les états d'esprit perturbés et maladifs sont l'œuvre de l'ennemi interne : les émotions aliénantes. Si longtemps qu'elles habitent nos esprits et que nous en sommes esclaves, nous n'aurons ni paix ni bonheur. Nous disposons de nombreuses facilités, mais elles sont de nature éphémère et ne sauraient garantir un bonheur durable. Donc, il ne faut pas se concentrer uniquement sur les vies à venir ; il convient d'avoir aussi le souci de se débarrasser complètement des émotions perturbatrices. C'est la base de l'aspiration à accéder au nirvana, ou état de libération du cycle des existences. Si nous poussons l'idée encore plus loin, nous nous embarquons vers un but plus ample qu'une meilleure renaissance ou notre propre affranchissement de la souffrance. Nous ne pensons plus seulement à nous-mêmes, mais également au bien-être de tous les êtres sensibles.

Cet entraînement ressemble aux progrès d'un enfant à l'école. À partir du jardin d'enfants, il acquiert graduellement une éducation et élargit ses perspectives. C'est ainsi que l'on crée quelque chose d'efficace dans l'esprit. En le cultivant, on remplace une attitude mentale courante, soucieuse uniquement de son propre bien-être, par un esprit davantage préoccupé du bonheur d'autrui.

Une vie d'être humain libre est précieuse, car elle donne la chance et l'occasion de cultiver l'esprit d'éveil. Elle procure le potentiel d'accomplir de grandes choses. Ayant cette opportunité, il serait tragique de ne pas l'utiliser à bon escient. Aucune autre créature n'est dotée comme l'être humain du potentiel et de qualités capables de créer le bien. Mais naître humain ne veut pas forcément dire naître libre et chanceux. Dans la perspective bouddhiste, l'être signifie être libre de pratiquer le dharma et avoir accès aux conditions qui le permettent. Prenez l'exemple des bêtes : les insectes et les autres animaux, tout en étant doués de vie, n'ont ni cette chance ni cette liberté. Ceux qui sont nés en un lieu où se pratique le dharma, qui ont tant soit peu un sens de la compassion et se soucient du bien-être général, sont considérés comme des êtres libres et favorisés.

Il y a aujourd'hui plus de cinq milliards d'hommes et de femmes dans le monde. Combien d'entre eux sont soit influencés par l'enseignement du Bouddha, soit réellement concernés par le sort de leurs semblables ? Comparé à celui des autres créatures, le nombre des êtres humains est relativement modeste. Parmi les humains, le nombre de ceux qui suivent une quelconque voie religieuse est plus limité, tandis que ceux qui sont motivés par la compassion et l'attention aimante à l'égard d'autrui sont encore moins nombreux. Cette vie-là est très difficile à gagner, car les conditions et les causes qui la génèrent sont difficiles à établir.

Il ne faut jamais se dire que l'on est incapable de pratiquer sérieusement ou de cultiver des qualités nouvelles. Par comparaison avec les autres animaux, nous avons tous, indépendamment de l'âge et de l'intelligence, une grande capacité pour pratiquer le dharma. Même vieux et frêle, on est encore intelligent. Il ne faut jamais se laisser décourager parce que l'on se sent handicapé d'une manière ou d'une autre. Les jeunes en particulier ne doivent pas se laisser abattre. Il faut s'inspirer de tous ceux qui, dans le passé, se sont sincèrement engagés dans l'étude, la pratique et la méditation, et qui sont parvenus à de grands accomplissements. Ces érudits ont été grandement bénéfiques à eux-mêmes et à autrui. Il convient de suivre leur exemple.

Cette vie d'être humain libre et favorisé qui nous offre une telle occasion, si l'on est incapable d'en faire quelque chose de bien, il sera difficile d'en retrouver une semblable à l'avenir. Au Tibet, un proverbe dit qu'il est aussi difficile de s'engager dans la pratique des vertus que de pousser un âne fatigué vers le faîte d'une colline, alors que s'adonner à des activités négatives et destructrices est aussi facile que de faire rouler un rocher vers la vallée. Nous avons tendance à nous engager dans des activités négatives tout en songeant que nous ne devrions pas le faire. Que nous soyons moine pleinement ordonné, grand pratiquant tantrique ou simple adepte du dharma, trop souvent il arrive que notre motivation ne soit pas bonne au début, que notre exercice de visualisation ou de méditation ne s'avère pas meilleur au milieu, et pas davantage notre épilogue. Toutes nos pratiques sont à la merci de pensées nocives, si bien qu'elles se révèlent faibles et languissantes. Un éclair dans une nuit nuageuse et sombre nous permet d'entrevoir juste un instant les alentours. De même, l'occasion de découvrir et de pratiquer les enseignements du Bouddha est aussi rare que brève. Nos bonnes qualités sont fragiles, parce que notre motivation, notre pratique et nos conclusions le sont, tandis que nos actions négatives sont puissantes et illimitées. Il importe donc de faire un effort particulier afin de cultiver des qualités positives.

Seul l'esprit d'éveil, qui mène à l'accomplissement suprême, a le pouvoir d'épuiser de puissantes actions négatives. Après des temps sans nombre passés à examiner ce qui profiterait le plus aux êtres sensibles, le Bouddha Śākyamuni a conclu que c'était l'esprit d'éveil. Les bouddhas du passé l'ont cultivé en aspirant à soulager toutes les détresses des êtres sensibles. Ils ont engrangé des mérites durant des temps immémoriaux et ont finalement accédé à l'éveil. Chacun d'entre eux a trouvé, de par sa propre expérience, que l'esprit d'éveil est bénéfique à tous. C'est que cet esprit, qui vise au bien général, est le garant de la réalisation de l'ensemble des qualités positives. Il est le seul à pouvoir mener les êtres sensibles à la paix et au bonheur. Que nous soyons concernés par le début de la pratique, par le développement de nouvelles qualités spirituelles ou que nous visions à la bouddhéité elle-même, ces étapes dépendent du développement de l'esprit d'éveil. Même dans la vie courante, un esprit tourné vers le bien d'autrui est inestimable. Cette attitude porte bonheur à nous-mêmes et aux autres. Elle permet de semer les graines du bonheur pour tous les êtres et assure l'harmonie avec l'environnement.

Quiconque a mené une vie de chien prisonnier du cycle de l'existence est appelé bodhisattva dès l'instant où il (ou elle) génère l'esprit d'éveil. Dès lors, cette personne mérite le respect des humains et des dieux. L'esprit d'éveil est semblable à un philtre capable de transformer le plomb en or. Car en cultivant cet esprit en nous, notre attitude extérieure, notre manière de parler et de nous comporter avec les autres peuvent elles-mêmes être transformées. Toutes les autres qualités sont comme le bananier, qui produit un fruit et meurt, alors que l'esprit d'éveil est comme un arbre magique, qui permet d'engranger sans fin des fruits. En nous fiant à l'esprit d'éveil, bientôt nous serons libres, affranchis de la souffrance et de la peur.

Cet esprit vise à mener tous les êtres à l'éveil. Il

souhaite que nous y accédions nous-mêmes afin d'aider les êtres qui souffrent. Pour le développer, il faut reconnaître que la nature de l'infinité des êtres sensibles est semblable à la nôtre. Tous veulent le bonheur et ne veulent pas souffrir. Comme le nôtre, la nature de leur esprit est claire lumière. Leurs obstructions mentales sont temporaires. Cela ne veut pas dire qu'elles n'existent pas. Elles sont certes là depuis toujours, mais la qualité intrinsèque de l'esprit, sa faculté d'accéder aux pouvoirs et aux qualités d'un bouddha, est également présente depuis le début. Au niveau ordinaire, nous sommes incapables de devenir omniscients ou éveillés en raison de diverses entraves. Dès que ces entraves auront été émondées, nos esprits seront conscients de tous les phénomènes.

Trouver le bonheur et surmonter la souffrance sont des droits naturels propres à tous les êtres sensibles. Nous sommes tous égaux face à cette donnée. La différence, c'est que le bonheur personnel ou la souffrance sont liés à un seul individu, alors que le bonheur et la douleur d'autrui sont liés à des êtres innombrables. En comparant les deux, les seconds prennent, et de loin, l'avantage sur l'intérêt privé. En se fondant sur cette compréhension, on recherche les causes du bonheur pour les autres.

Quand il s'agit de mener les êtres au nirvana, cela ne peut se faire ni en distribuant des richesses, ni même par l'exercice d'un pouvoir personnel miraculeux. Le seul moyen, c'est de leur indiquer la juste voie à suivre pour y parvenir. Pour ce faire, il convient d'abord de connaître soi-même les différentes étapes qui y conduisent. Sauf à pouvoir montrer le chemin d'après notre propre expérience, notre aide sera limitée. C'est pourquoi on génère l'aspiration à l'éveil pour le bien d'autrui. Cet état d'esprit merveilleux est qualifié d'esprit-semblable-au-joyau, c'est le plus précieux. Ne serait-ce que le générer est source de grand mérite. Déjà au cours de l'existence présente, il portera des fruits, comme la tranquillité de l'âme et la chance de vivre dans une ambiance harmonieuse. Pourtant, le flux des mérites ne devient continu et incessant qu'à partir du moment où l'esprit d'éveil devient la motivation de nos actions. Une fois émis le vœu de s'engager dans les actes du bodhisattva, le courant des mérites sera sans fin, comme l'expansion sans limite de l'espace.

Si le simple souhait d'être bénéfique à autrui est plus efficace que d'apporter des offrandes aux bouddhas, essayer de le faire pour l'infinité des êtres sensibles l'est encore davantage. Si tous les êtres veulent le bonheur et non la souffrance, on peut se demander pourquoi ne pas les laisser s'échiner seuls pour atteindre le bonheur et pour qu'ils se débarrassent de leurs tourments. La réponse, c'est que même s'ils veulent s'en défaire, ils n'arrêtent pas de courir à la rencontre de la douleur. Et même s'ils désirent le bonheur, de par leur confusion et leur ignorance, ils le détruisent continûment. L'esprit d'éveil apporte paix et bonheur à ceux qui en sont privés. Il n'est point de vertu qui lui soit comparable.

Celui qui rend les bontés d'autrui est apprécié, mais que dire alors des bodhisattvas qui œuvrent au bien-être des autres êtres sensibles sans qu'on leur demande rien ? Offrir un repas qui suffit à calmer la faim d'une personne pour une demi-journée est d'ordinaire admiré. Que dire alors d'un bodhisattva qui œuvre depuis des temps immémoriaux dans l'intention d'amener d'innombrables êtres à la paix insurpassable de la bouddhéité, accomplissant ainsi tous leurs désirs ? Si l'on est capable de cultiver cet esprit bénéfique sur autrui, automatiquement les mérites s'accumulent. Ils sont source de paix et de bonheur. Une fois que nous nous engageons à pourvoir aux vœux des autres, nos propres buts s'accomplissent accessoirement. C'est pourquoi je dis souvent que si l'on veut le meilleur pour soi-même, il faut travailler au profit des autres. Ceux qui ignorent le bien-être d'autrui et ne pensent qu'à eux-mêmes essaient d'accomplir leurs désirs de bien curieuse manière.

Quand on parle de démocratie ou de droits démocratiques, on parle du souci du bien-être de la majorité. Plus on s'en soucie, plus on œuvre au bien-être social, plus grands seront notre bonheur et notre paix. Si l'on choisit en revanche une approche dictatoriale en tentant de forcer brutalement notre voie dans la vie ou d'imposer notre point de vue aux autres, nous ne serons pas à même d'accomplir leurs désirs ou nos propres souhaits. Il est donc dans la nature des choses que plus il y a de gens brutalisés ou opprimés, plus il y a de malheur. De même, plus on travaille au bénéfice d'autrui, mieux tous en profiteront. De la même manière que les citoyens d'un pays ont certains devoirs tout comme ils jouissent de certains privilèges, notre obligation en tant que disciples du Bouddha et des bodhisattvas est d'être bénéfiques à tous les êtres sensibles. Tel est notre engagement. Pour le renforcer, on purifie tous nos méfaits passés en les reconnaissant ouvertement, et on se promet de ne pas les répéter à l'avenir. Nous nous engageons ainsi à faire ce qui est bénéfique à autrui et à nous abstenir de leur nuire.

En bref, c'est la voie que la plupart d'entre nous devraient suivre. D'aucuns, des personnalités d'exception, peuvent accéder rapidement à la libération en raison de leur potentiel karmique passé. Mais la majorité d'entre nous ne peut espérer parvenir à l'éveil ou au nirvana si miraculeusement. Quand on sème une graine, on ne s'attend pas à avoir immédiatement un fruit ou une fleur. Quand j'étais enfant, je me souviens d'avoir planté quelques graines. Puis, sans leur laisser le temps de pousser, j'ai creusé pour voir ce qui se passait. Ce n'était évidemment pas la bonne manière. Il faut laisser la nature prendre son rythme. Si l'on essaie de violer sa loi et que l'on s'attend à l'éveil soudain, on sera déçu. J'ai dit en guise de clin d'œil que parler d'accéder à l'éveil en trois ans et trois mois vaut autant que la propagande chinoise. On entre en retraite en quête d'éveil, mais trois ans et trois mois plus tard, on en revient pareil, toujours cette même personne commune, avec peut-être des cheveux un peu plus longs. C'est pourquoi il importe de voir loin et d'aspirer à l'éveil même s'il nous faut y œuvrer des temps et des temps innombrables.

L'esprit d'éveil est la cause unique de l'accomplissement de la bouddhéité. Afin de le cultiver, il est extrêmement important de purifier les actions négatives et d'accumuler des mérites. Une fois que l'on a commencé à en sentir les effets et à l'apprécier selon notre propre expérience, il faut le stabiliser en recevant, au cours d'une cérémonie rituelle, l'esprit d'aspiration à l'éveil. Après quoi on fait serment de mener le mode de vie des bodhisattvas.

MOURIR EN PAIX

Vivre et mourir paisiblement est une chose qui nous préoccupe tous. La mort est une forme de souffrance, une expérience qu'on préférerait éviter et qui attend en définitive chacun de nous. Il est néanmoins possible d'adopter un programme d'action afin d'y faire face sans peur. L'un des principaux facteurs qui nous aidera à demeurer calme et imperturbable au moment de la mort est la manière dont on aura vécu. Plus nous aurons donné de sens à notre vie, moins nous éprouverons de regrets à l'instant de la mort. Notre sentiment quand nous y serons dépend donc beaucoup de ce que nous aurons fait de notre vie.

Si, d'une façon ou d'une autre, notre quotidien a un sens positif, quand viendra la fin, même indésirable, nous serons capables de l'accepter comme faisant partie de la vie. Nous ne regretterons rien. Les humains sont des animaux sociaux, et notre bonheur relève de nombreux facteurs : on ne peut pas vivre seul, isolé ; nous avons besoin de nourriture, de vêtements, d'un abri, et tout cela est dû aux efforts de bien des gens. Notre bien-être fondamental dépend des autres ; mieux vaut alors nous en soucier, même si nous avons souvent tendance à croire que nous avons tout fait par nous-mêmes.

Il convient de développer une perspective plus

vaste, quand bien même notre préoccupation première serait notre confort personnel. Une fois notre vision élargie, un sentiment d'implication et d'engagement envers autrui adviendra automatiquement. Cette façon de voir n'est pas seulement réaliste, elle constitue aussi l'assise d'une éthique séculière. Essayer de résoudre les problèmes par la force témoigne du mépris des droits et des opinions d'autrui. La non-violence est une approche humaine, car elle passe par le dialogue et la compréhension. Le dialogue ne peut se réaliser que dans le respect mutuel et l'entendement, avec un esprit de réconciliation. C'est de cette manière que la vie prend un sens.

D'habitude, lorsque je parle de l'essence du bouddhisme, je dis qu'au mieux il faut essayer d'aider les autres, et si ce n'est pas possible, il convient au moins de ne pas leur nuire. Telle est l'essence de l'enseignement du Bouddha. Je pense que c'est valable même d'un point de vue séculier. Si l'individu est lié à autrui par la compassion, à long terme, il sera certainement plus heureux. Les activités négatives peuvent apporter un gain temporaire, mais au fond du cœur, il y aura toujours un malaise. Une attitude de compassion n'est pas synonyme d'un simple sentiment de pitié passive. Dans une société moderne concurrentielle, il faut parfois adopter une position ferme. Mais l'un n'exclut pas l'autre. Après avoir vécu de la sorte, quand on arrive au terme de la vie, je suis sûr que l'on meurt heureux et sans regret.

S'engager dans une pratique spirituelle qui se mesure à l'aune des vies et du temps donne une perspective différente à la mort ; on réalise alors qu'elle fait partie de la vie. Dans le contexte d'une existence comprenant de nombreuses vies successives, mourir est comme changer de vêtements. Quand l'habit s'use et vieillit, on le troque contre un neuf. Les niveaux grossiers de l'esprit sont dépendants du cerveau, si bien qu'ils fonctionnent seulement tant que celui-ci est actif. Dès qu'il s'arrête, les premiers s'immobilisent automatiquement. L'apparition des degrés les plus frustes de l'esprit est conditionnée par le cerveau, mais la cause substantielle de l'esprit est la continuité de l'esprit subtil qui, lui, est sans commencement.

Au moment de la mort, d'autres peuvent nous rappeler de générer un état d'esprit positif jusqu'au point où le niveau grossier de la conscience se dissout. Mais une fois entré dans la phase de conscience subtile, seule la force de nos prédispositions antérieures peut aider. Là, il est très difficile à quelqu'un d'autre de nous rappeler la pratique de vertu. En conséquence, il importe de développer dès sa jeunesse une prise de conscience de la mort et de se familiariser avec les moyens d'affronter la dissolution de l'esprit. On peut le faire en s'exerçant à la répéter par visualisation. Alors, au lieu d'en avoir peur, on peut en devenir curieux. On peut avoir l'impression qu'après tant d'années de préparation, on devrait être capable de relever efficacement le défi.

Une fois réalisée l'expérience de l'esprit subtil profond en méditation, en fait, on peut contrôler sa mort. Bien entendu, cela n'est possible qu'après avoir atteint un haut niveau de pratique. Dans le tantra, on trouve des procédures avancées comme le transfert de conscience, mais je crois que le plus important à l'instant de la mort, c'est la pratique de l'esprit d'éveil : elle se révèle la plus puissante. Même si dans mes exercices quotidiens, sept à huit fois par jour, je médite le processus de la mort associé à diverses autres pratiques tantriques, je demeure convaincu qu'au moment de mourir, je trouverai plus facile de me souvenir de l'esprit d'éveil. C'est ce que je sens le plus proche pour moi. Certes, en méditant la mort, on s'y prépare aussi, si bien qu'il n'y a plus guère lieu de s'en soucier. Bien que je ne sois pas encore prêt à l'affronter réellement, je me demande parfois comment y ferai-je face le moment venu. Si je vis longtemps, je suis déterminé à accomplir bien davantage. Ma volonté de vivre égale ma vive curiosité à l'égard de la mort.

Avoir conscience de la mort fait partie de la pratique bouddhiste sous maints aspects. L'un est de méditer constamment la mort en tant que moyen de se détacher de cette vie et de ses attractions. Un autre consiste à répéter le processus de la mort, à se familiariser avec les différents degrés du mental traversés au cours de la mort. Lorsque s'achèvent les niveaux les plus grossiers, l'esprit subtil se lève. Méditer le processus de la mort est capital en vue d'approfondir l'expérience de l'esprit subtil.

La mort signifie que notre corps a des limites. Quand il ne peut plus être entretenu, on meurt et on en prend un autre. L'être essentiel, ou soi, qui est une combinaison du corps et de l'esprit, persiste après le décès, quand bien même ce corps particulier n'est plus. Le corps subtil reste. De ce point de vue, l'être n'a ni commencement ni fin, il demeure jusqu'à la bouddhéité.

Il n'empêche qu'on a peur de la mort. À moins de se garantir un avenir par des actions positives dans cette vie, le danger existe bel et bien de renaître à une existence défavorable. Dans la vie présente, même en perdant son pays et en devenant réfugié, on vit toujours dans le monde des hommes. On peut chercher aide et soutien. Mais après la mort, on rencontre des circonstances tout à fait nouvelles. L'expérience courante acquise durant cette vie n'est généralement d'aucune aide. Faute de s'être préparé comme il faut, les choses peuvent mal tourner. Un entraînement spirituel permet de s'en accommoder. À un certain niveau, cela signifie cultiver une motivation sincère de compassion et réaliser des actions positives au service d'autrui. À un autre niveau, cela veut dire contrôler l'esprit ; une manière plus profonde de se préparer à l'avenir. Finalement, on peut devenir maître de son esprit ; ce qui est le but essentiel de la méditation.

Ceux qui croient qu'il n'y a rien après la mort feraient mieux d'y penser simplement comme partie de la vie. Tôt ou tard, nous devons tous y faire face. Cela nous aidera au moins à l'envisager comme quelque chose de normal. Même si l'on évite délibérément d'y songer, cela ne nous permet pas d'y échapper. Face à cette question, on a deux possibilités. L'une est simplement de ne pas y penser, de l'écarter. Ainsi, au moins, l'esprit reste calme. L'option n'est pas sûre, car le problème demeure. L'autre choix, c'est de le regarder en face et d'y réfléchir sérieusement. Je connais des soldats qui disent qu'ils ont plus peur avant le combat que quand ils entrent vraiment dans la bataille. Si vous pensez à la mort, votre esprit se familiarisera avec l'idée. Quand elle arrivera, le choc sera moindre et vous en serez moins bouleversé. Voilà pourquoi je pense qu'il est utile de songer à la mort et d'en parler.

Il faut donner un sens à sa vie. Dans les textes, les royaumes d'existence sont décrits comme impermanents, comme un nuage dans un ciel d'automne. La naissance et la mort des êtres humains peuvent être comprises en suivant les allées et venues de personnages dans un drame sur scène. On voit les acteurs d'abord vêtus d'un costume, puis d'un autre. En un bref laps de temps, ils subissent divers changements. Notre existence, c'est pareil. Une vie humaine qui s'écoule est comparable à un éclair dans le ciel ou à la chute d'un rocher le long d'une pente raide. Les eaux coulent toujours vers le bas, il est impossible qu'elles remontent. Presque sans que nous nous en rendions compte, nos vies s'en vont. Ceux d'entre nous qui acceptent la valeur d'une pratique spirituelle songent éventuellement à des vies futures, mais dans nos cœurs, nous nous concentrons sur les buts de notre seule vie actuelle. D'où la confusion qui nous piège dans le cycle de l'existence. Nous gâchons nos vies. Dès le moment de la naissance, nous nous rapprochons de la mort. Et pourtant, nous passons le gros de notre existence à amasser de la nourriture, des vêtements, des amis. À l'instant de la mort, il faudra tout laisser derrière nous. Il nous faudra voyager vers l'autre monde en solitaire, sans compagnie. La seule chose qui puisse nous être utile, c'est d'avoir accompli une pratique spirituelle qui aura laissé des empreintes positives dans notre esprit. Si l'on veut arrêter de gaspiller sa vie et s'engager sur une voie spirituelle, il faut méditer l'impermanence et notre propre mortalité, le fait que dès l'instant de la naissance, nos corps sont naturellement impermanents et sujets à la désintégration.

La pratique spirituelle ne vise pas uniquement au bénéfice de cette vie, mais également à apporter bonheur et paix dans les vies après la mort. Ce qui entrave notre pratique, c'est notre tendance à penser que nous allons vivre longtemps, très longtemps. Nous sommes comme quelqu'un qui a décidé de s'installer quelque part. Il est naturel pour lui de s'impliquer dans les affaires du monde, d'accumuler des richesses et de construire des maisons, de semer dans les champs, et ainsi de suite. Par ailleurs, quiconque est davantage concerné par ses vies futures ressemble à une personne qui a envie de voyager. Un voyageur se prépare à parer à toute éventualité et parvient ainsi à bon port. En méditant la mort, le pratiquant devient moins obsédé par des affaires courantes comme le nom et la renommée, le statut social. Tout en travaillant pour répondre aux nécessités de l'existence, celui (ou celle) qui médite la mort trouve le temps de générer l'énergie porteuse de paix et de joie pour les vies futures.

Il est utile de connaître les avantages de méditer la mort et les inconvénients de l'ignorer. D'abord, méditer l'impermanence et la mort inspire à s'engager dans la pratique spirituelle. Cela ouvre les yeux. Quand on prend conscience que tôt ou tard, il faudra quitter ce monde, on est encouragé à se sentir concerné par les vies à venir. Cette prise de conscience aide automatiquement à se tourner vers la recherche spirituelle. Ensuite, méditer la mort est une technique puissante qui aide à prolonger et à parachever la pratique spirituelle. Dans toute tentative sérieuse, spirituelle ou temporelle, difficultés et ennuis surgiront inévitablement. Le pouvoir de la méditation de la mort permet d'affronter n'importe quel obstacle. Finalement, la méditation agit comme un stimulant qui contribue à l'accomplissement réussi de la pratique. Donc, avoir conscience de la mort est essentiel à chaque étape de la vie spirituelle. Comme pratiquant, on est davantage concerné par la vie après la mort. En éliminant actions et pensées illusoires, vous serez à même de donner un sens à la vie.

Nombreux sont les désavantages de ne pas garder la mort en tête. Quand on l'oublie, il y a fort peu de chances de songer à une pratique spirituelle. Sans avoir conscience de la mort, la pratique se relâche et devient inefficace. On est essentiellement préoccupé des affaires de cette vie. Il y a des personnes qui prononcent des vœux et récitent leurs prières tous les jours. Mais en raison d'une faible conscience de la mort, elles se comportent comme n'importe qui en temps de crise : coléreuses, attachées ou jalouses à l'excès. Selon un proverbe tibétain : « Quand on est bien nourri et au soleil, on ressemble à un pratiquant. Mais c'est lors d'une crise qu'on révèle sa vraie nature. » L'expérience quotidienne témoigne que la plupart d'entre nous sont ainsi.

Faute de conscience de la mort, les affaires de cette vie sont au centre de l'existence. Et parce que l'on est obsédé par la richesse, le statut et la gloire, on ne s'embarrasse guère de commettre des actions négatives. Insoucieux de la mort, on ne s'intéresse naturellement pas aux vies à venir. Ces personnes n'apprécient guère les valeurs spirituelles et cultivent volontiers pensées et actions illusoires. En conséquence, elles nuisent à elles-mêmes et à autrui.

Oubliant que vous mourrez, vous ne ferez que penser à mener une vie prospère. Vos préoccupations majeures seront d'habiter une belle demeure, d'avoir de beaux vêtements et de manger des mets raffinés. Si vous en avez l'occasion, vous n'hésiterez pas à tromper et menacer les autres. Pis encore, vous pourriez considérer ces activités négatives comme des signes d'efficacité et d'intelligence. Ce serait toutefois indiquer nettement que vous n'êtes pas assez clairvoyant pour songer au long terme. Nous avons tous encore bien des vies à venir, qui nous sont obscures et dont nous n'avons aucune idée. En l'oubliant, vous pencherez pour des activités destructrices.

Pensez d'un côté à Hitler et à Mao, et de l'autre, à nos ancêtres spirituels, Milarepa et Tsong-khapa. Tous étaient humains dotés de vie et d'intelligence. Mais aujourd'hui, des gens comme Mao et Hitler sont exécrés. Les gens sont choqués devant l'ampleur de leurs actions négatives. Par ailleurs, quand on songe aux grands yogis tibétains, Milarepa et Tsong-khapa, on cherche à s'en inspirer, on les prie avec foi et dévotion. Ils avaient le même potentiel humain que les deux premiers, et pourtant, on songe à eux différemment en raison de ce qu'ils ont fait. Chez Hitler et Mao, l'intelligence humaine a été employée dans un dessein destructeur. Pour Milarepa et Tsong-khapa, elle a été utilisée de façon constructive.

Si on laisse les émotions perturbatrices contrôler l'esprit, il en résultera un effet destructif pour nombre de vies à venir. En conséquence, on meurt plein de regrets. Tant qu'on est en vie, on peut paraître de bons pratiquants, mais en fait, nos vies sont vides. On raconte à ce propos une petite histoire au sujet de quelqu'un censé être un pratiquant spirituel. Il avait coutume de se vanter en disant qu'à sa mort, il allait à coup sûr renaître dans un pur royaume. Un jour, il tomba gravement malade. C'était certain, il allait mourir, et un ami de lui dire : « Pas de problème pour vous, vous allez reprendre naissance dans une terre pure. Mais qu'adviendra-t-il de nous, sans soutien ni amis ? » Réponse du prétendu pratiquant : « Mieux vaudrait ne jamais mourir du tout ! » Ainsi, à l'agonie, au lieu de songer au pur royaume, il se lamentait de sa mort prochaine.

La conscience de la mort peut être développée par la méditation soit formelle, soit analytique. Il convient d'abord d'appréhender intellectuellement la certitude de la mort. Il ne s'agit pas d'un quelconque sujet théorique obscur, mais d'un fait aussi évident qu'observable. Notre monde est supposé être âgé d'environ cinq milliards d'années, et l'espèce humaine existe depuis au moins une centaine de milliers d'années. Tout au long de cette longue période, y a-t-il eu ne serait-ce qu'un seul être humain qui n'ait dû faire face à la mort ? Elle est absolument inévitable, sans égard au lieu où vous vivez, que vous vous cachiez dans les profondeurs de l'océan ou que vous voliez haut dans le ciel.

Qui que vous soyez, vous mourrez. Staline et Mao furent deux des hommes les plus puissants de notre siècle. Cependant, eux aussi sont morts, et il semble qu'ils aient dû affronter la Camarde avec crainte et angoisse. Leur vie durant, ils ont gouverné en dictateurs. Ils étaient entourés de serviteurs et de laquais accomplissant leurs trente-six volontés. Ils ont régné sans merci, prêts à détruire quiconque défiait leur autorité. Mais face à la mort, tous ceux en qui ils avaient jusque-là confiance, chaque chose sur laquelle ils comptaient : leur pouvoir, leurs armes, leur force militaire — rien de tout cela ne leur a été de la moindre utilité. Dans ces conditions, n'importe qui serait affolé. L'avantage de développer une conscience de la mort, c'est que cela aide à donner un sens à la vie. On considère alors une paix et un bonheur durables comme plus importants que le plaisir à court terme. Garder la mort à l'esprit, c'est se munir d'un marteau pour briser toutes les tendances négatives et les émotions aliénantes.

En nous rappelant les noms et les belles actions de tous les maîtres, à partir du Bouddha Śākyamuni jusqu'aux lamas contemporains qui s'en sont allés, on peut sentir leur présence comme s'ils étaient encore parmi nous. En y regardant cependant de plus près, ils sont entrés en nirvana. En se mettant à leur recherche, on trouve quelques vestiges, une poignée de cendres ou d'ossements. Du Bouddha lui-même, tout ce qui reste, ce sont des fragments d'os et des reliques en certains lieux de pèlerinage. En les voyant, on a envie de pleurer.

Aucun des grands érudits de l'Inde ancienne n'est vivant aujourd'hui. On ne peut que lire des relations de leurs vies dans des livres d'histoire. Ils ne sont plus qu'un souvenir, un lambeau de mémoire. Les grands rois et empereurs d'autrefois, eux qui jouissaient de pouvoirs illimités sur leurs sujets, ont tous été impuissants face à la mort. Chacun d'eux a succombé à son destin. Réfléchir à l'histoire rappelle que la mort est imminente et universelle, l'impermanence réelle. Le reconnaître incite à mieux pratiquer. Tous les grands de ce monde, ceux qui étaient aimés et respectés par leurs concitoyens, et les tout-puissants qui étaient craints et haïs, tous ont dû mourir. Aucun d'eux n'a pu tromper la mort. Songez à votre propre situation. Vous avez des amis, des parents, de la famille. Certains sont déjà morts, et vous avez dû en supporter la tristesse. Tôt ou tard, d'autres auront à faire face à un sort identique.

Dans un siècle, des gens diront peut-être que le dalaï-lama a prodigué des enseignements en ce lieu. Mais personne d'entre nous ne sera plus là, que les maisons des alentours soient encore debout ou en ruines. La mort ne respecte ni l'âge ni l'ancienneté. C'est plutôt au petit bonheur la chance. Généralement, on s'attend à ce que les plus vieux passent en premier, suivis par les plus jeunes. Et pourtant, il arrive souvent que des enfants ou des petits-enfants partent avant, laissant aux parents la tâche des derniers rites. Si nous en avions le pouvoir, on devrait promulguer une loi interdisant au seigneur de la Mort d'emporter de jeunes vies. Ils n'ont pas eu le temps de goûter le monde. Pourtant, la loi de la nature veut qu'il n'y ait rien de défini quant à celui qui part en premier et ceux qui restent. Si l'on pouvait assigner le seigneur de la Mort devant un tribunal, on le ferait sûrement. Pas même une puissance militaire ne peut capturer la mort. La personne la plus riche ne peut l'acheter, et même le plus roublard ne saurait l'avoir par la ruse.

Il n'en est pas un ou une parmi nous qui ne se chérisse. Nous faisons tout ce que nous pouvons pour prendre soin de notre personne. Pour être en bonne santé et vivre longtemps, on mange et on fait régulièrement de l'exercice. Dès que l'on se sent un peu malade, on va chez le médecin et l'on prend des remèdes. On accomplit généralement des rites religieux dans le dessein d'écarter interférences et difficultés. Malgré tout, la mort viendra un jour pour chacun de nous. Quand elle frappe, personne n'y peut rien. Quand arrivera le moment de la mort, on aura beau avoir la tête posée sur le giron de Bouddha et le bouddha de médecine à notre chevet, rien n'y fera. Lorsque notre durée de vie est épuisée, il faut partir. Il n'est pas difficile de comprendre la certitude de la mort. Nos vies s'écoulent où que nous soyons et qui que nous soyons. Toutes les vingt-quatre heures, c'est un jour qui s'en va. Tous les trente jours, un mois est fini, et en douze mois, une année s'achève. C'est ainsi que nos vies viennent à échéance.

À moins de faire soi-même l'effort d'une pratique spirituelle et de mener une vie en accord avec le dharma, se contenter simplement de vivre ne suffit pas. Les vingt premières années de notre existence, on se dit que l'on est trop jeune et l'on ne s'y met pas. Après, on passe vingt autres années à dire : « Je vais m'y mettre, je vais pratiquer », mais on ne le fait pas. Viennent ensuite vingt années qui se passent à répéter : « Je ne peux pas, je ne peux pas », à se lamenter de ne pas pouvoir étudier parce que l'on est trop vieux, que la vue baisse et l'ouïe aussi. C'est ainsi que l'on gaspille sa vie. L'étonnant, c'est que le corps physique vieillit, souffre de maladies et d'usure, alors qu'en nous, les émotions perturbatrices demeurent vivaces. Elles ne vieillissent jamais. Le désir sexuel peut diminuer avec l'âge, mais les autres émotions aliénantes restent fortes.

L'enfance et la jeunesse, nous les passons à jouer. Enfant, j'avais moi aussi des compagnons de jeux, en particulier parmi les balayeurs qui travaillaient dans ma résidence. En ce temps, un certain ami a tenté de me « coller » à propos de différentes couleurs, un sujet lié à mes études préliminaires de logique. Je ne connaissais pas les réponses, parce que j'étais trop jeune. J'en fus agacé, et je décidai d'étudier sérieusement. Vers quinze ou seize ans, je commençais à réfléchir aux « étapes de la voie vers l'éveil », mais l'invasion chinoise a interrompu mes études. Jusqu'à vingt-quatre ou vingt-cinq ans, je m'efforçai d'accomplir des pratiques spirituelles, mais en même temps, je m'évertuais à négocier avec les Chinois. À vingt-cinq ans, j'ai été contraint de partir en exil et suis devenu réfugié. J'ai sérieusement étudié autour de la trentaine. Trente-cinq ans ont passé, je suis maintenant dans la soixantaine.

J'avais profondément l'intention de pratiquer, mais voilà, ma vie a ainsi tourné. Ma seule consolation, c'est que l'omniscient Gedun Gyatso, le deuxième dalaï-lama, a vu aussi ses bonnes intentions bouleversées. Il surveillait la construction du sanctuaire principal du Tashilhumpo tout en enseignant. Une fois, l'un de ses étudiants lui dit : « J'aimerais me retirer dans les montagnes et approfondir ma pratique. » Il lui a répondu tristement : « Quand j'étais à l'ermitage de Kangchen, j'étais moins sollicité. J'ai le sentiment que si j'étais resté là-bas en retraite, j'aurais maintenant accompli un bon bout de chemin. Mais j'ai laissé passer l'occasion en raison de mon vœu d'aider le plus de gens possible. C'est pourquoi j'ai voulu établir le monastère du Tashilhumpo. » Cela me console un peu, car même si je ne puis pratiquer minutieusement la prière, la récitation et la retraite, j'essaie d'aider autrui autant que possible. Bien sûr, je pratique un peu, mais je ne peux y consacrer toute mon énergie. Ce que je puis vous dire, c'est que si vous pensez avec nonchalance à la pratique tout en continuant de jouir de tout le reste, vous n'arriverez à rien.

Gampopa est resté longtemps auprès de Milarepa, à recevoir toutes ses instructions et à les méditer. Quand le temps fut venu pour lui de s'en aller, Milarepa lui a dit : « Il me reste encore une instruction à te donner, mais peut-être n'est-ce pas le moment de le faire. » Gampopa répondit : « Donnez-la moi, je vous en supplie. Quelle qu'elle soit, je vous en prie. » Milarepa cependant refusa, et Gampopa se mit en route. Alors, Milarepa lui cria : « Attends, comme tu es mon seul fils, je vais te donner l'instruction ultime ! » Sur ces mots, il releva sa robe et montra ses fesses calleuses à Gampopa, signe qu'il avait intensément pratiqué la méditation assise. « Si tu persistes réellement, ajouta-t-il, toi aussi tu accéderas à la bouddhéité. On fanfaronne toujours à propos du potentiel du dharma et l'on se vante de pouvoir accéder à la bouddhéité en une seule vie. Mais que ce soit possible ou non dépend de l'assiduité au travail. »

Afin de développer la conscience de la mort, il faut ensuite réfléchir à son imprévisibilité. Comme le dit un adage populaire : « Demain ou une prochaine vie, on ne sait jamais ce qui arrive d'abord. » Nous savons tous que la mort viendra un jour. Le problème, c'est que l'on pense toujours que ce sera plus tard. On est sans cesse pris par le quotidien. C'est pourquoi il est essentiel de méditer l'imprévisibilité de la mort. Les textes expliquent que la durée de vie des gens de ce monde est incertaine, en particulier en ces temps de dégénérescence. La mort ne suit ni loi ni ordre. N'importe qui peut mourir n'importe quand, jeune ou vieux, riche ou pauvre, malade ou bien portant. Rien ne peut être tenu pour acquis à son propos. Des gens solides et en bonne santé meurent soudain en raison de circonstances imprévisibles, tandis que des personnes grabataires et faibles résistent longtemps.

À comparer les causes pouvant amener la mort aux facteurs limités qui aident à maintenir la vie, on comprend pourquoi la mort est imprévisible. Le corps humain nous semble précieux, nous croyons qu'il est fort et qu'il durera longtemps, mais la réalité défie nos espérances. Comparés à la roche ou à l'acier, nos corps sont faibles et délicats. Nous mangeons pour entretenir notre santé et nos vies, mais il est des occasions où même la nourriture nous rend malades et nous conduit à la mort. Rien ne peut nous garantir une vie éternelle.

Les réalisations de la science et de la technologie modernes expriment clairement notre désir d'une vie meilleure et mieux remplie. Nous nous accrochons aux nouveaux gadgets comme s'ils étaient des outils de soutien de la vie. Les voitures, les trains, les bateaux et les avions sont des moyens d'améliorer nos vies en nous procurant confort et commodités. Pourtant, ces inventions perturbent souvent notre équilibre psychique et physique. Partout des gens meurent dans des accidents de la route. Ils sont tués sur le coup et sans le moindre avertissement. En dépit de nos efforts pour assurer la sécurité à tout prix, notre vie est pleine de périls. On ne sait jamais quand la mort frappera.

Nous redoutons la mort en tant que fin de la vie. Pour rendre les choses pires encore, rien de ce qui a fonctionné dans notre existence — ni la richesse, ni le pouvoir, ni les amis ou la famille — n'est plus d'aucune aide au moment où la mort vient frapper. Vous pouvez être un puissant personnage soutenu par une grande force militaire, elle ne peut plus vous défendre quand la mort arrive. Vous pouvez être riche et vous acheter les meilleurs soins en cas de maladie, quand elle finit par se présenter, il n'est aucun spécialiste à payer qui puisse vous épargner la mort. Quand il vous faut quitter ce monde, vos richesses restent derrière vous, vous ne pouvez emporter le moindre centime. Votre meilleur ami ne peut vous accompagner, il vous faut affronter seul l'autre monde. Seule votre expérience spirituelle peut vous soutenir.

Staline et Mao étaient très puissants ; ils étaient entourés de gardes du corps, et les gens ordinaires n'avaient pas aisément accès à eux. Je me souviens bien de mes rencontres avec Mao, chaque fois au même endroit, lors de mon séjour à Pékin. Des gardes assuraient la sécurité aux portes et nous surveillaient constamment. Mais quand vient la mort, cette sécurité-là ne vaut rien. De même, je crois qu'il y a des gens prêts à sacrifier leur vie pour la sécurité du dalaï-lama. Mais quand arrivera l'heure de ma mort, je serai livré à moi-même. Être le dalaï-lama n'aidera en rien. Si je proteste en disant que je suis un moine, que j'ai des disciples et des fidèles, cela non plus ne servira à rien.

Pensez donc à un millionnaire. À l'instant de sa mort, sa richesse ne fera qu'ajouter à sa peine et à ses misères. Pendant ses derniers moments, une personne fortunée est intensément soucieuse : tout échappe à son contrôle. À l'inconfort physique vient s'ajouter une confusion d'esprit plus grande que jamais. Penser à la manière de distribuer ses biens et quoi donner à qui ne fait qu'accroître son angoisse. Il ne s'agit pas là d'obscures spéculations philosophiques ; c'est ce qui se passe tous les jours. Il est essentiel de méditer ces choses-là afin de réaliser qu'à l'instant de la mort et après, n'importe quelle richesse se révèle absolument sans valeur.

Tant que vous vivez, amis et parents jouent un grand rôle dans le façonnement de votre vie. En conséquence, vous les traitez comme des gens d'importance et vous avez de bons sentiments à leur égard. Certains vous sont si chers que vous avez l'impression que vous ne sauriez survivre sans eux. Mais quand vous êtes sur le point de mourir, eux non plus n'y peuvent rien. D'aucuns parmi eux seraient prêts à se sacrifier pour vous, mais cette fois, ils sont littéralement impuissants. Ils ne peuvent que prier pour vos vies futures. En fait, au lieu d'une aide quelconque, amis et parents peuvent causer tourments et désespoir à un agonisant. Même si vous gisez sans force sur votre lit de mort, l'anxiété quant à l'avenir de votre famille peut provoquer une grande peine.

Votre propre corps a été votre compagnon le plus sûr depuis que vous avez été conçu. Vous avez fait tout votre possible pour le choyer au mieux, vous l'avez nourri pour qu'il n'ait pas faim, désaltéré quand il avait soif, reposé quand il était fatigué. Vous étiez prêt à tout pour assurer son confort et sa protection. En retour votre corps vous a bien servi. Il a toujours été disposé à satisfaire vos besoins. Ne serait-ce que le fonctionnement du cœur est source d'émerveillement. Il travaille sans relâche. Il ne s'arrête jamais, quoi que vous fassiez, que vous soyez endormi ou éveillé. Mais quand la mort frappe, le corps se rend. Conscience et corps se séparent, et votre précieux corps devient simplement un affreux cadavre. Ainsi, face à la mort, vos richesses et vos biens, vos amis et vos parents, et jusqu'à votre corps, ne peuvent rien pour vous. La seule chose qui puisse vous aider à affronter l'inconnu, c'est la vertu que vous avez instillée dans le courant de votre conscience. C'est en cela que la pratique spirituelle peut aider à donner un sens à votre vie.

Peu de gens parlent volontiers de la mort. Pourtant, elle ne s'en va pas simplement parce que vous fermez les yeux et en détournez votre esprit. Quelles que soient les circonstances, chacun de nous devra un jour lui faire face. Donc, afin de nous y préparer, il est utile d'en méditer le processus. Cela signifie imaginer à quoi cela ressemble, de mourir. Par la méditation, on peut rendre cette situation proche et personnelle. Pour qu'elle atteigne pleinement son but, il faudrait qu'elle suive immédiatement la méditation sur la certitude de la mort. Cela consolidera la réflexion sur son imprévisibilité.

Nous l'avons déjà vu, la mort arrive n'importe quand, il n'y a pas de moment approprié pour mourir. Le décès se produit quand la durée de vie, ou la force des mérites, s'épuise. Elle peut arriver soudainement, elle peut survenir après une longue maladie. Gravement malade, on a beau consulter un médecin, rien n'y fait, la thérapie est inopérante. Alors, on accomplit éventuellement des rituels et l'on récite des prières. Peut-être cela fera-t-il une petite différence, mais la maladie s'aggrave. Pour ajouter à la complication, le médecin ne parvient pas à poser de diagnostic clair, car la maladie prend des aspects contradictoires, prolongeant d'autant les incertitudes. Comme vous êtes malade et épuisé, vos chances de guérir s'amenuisent. Même une couche douillette devient inconfortable. Après de telles souffrances, des parties du corps deviennent insensibles, comme si vous vous transformiez en cadavre.

Que se passe-t-il dans l'esprit d'un mourant ? Lorsqu'on a été longtemps malade et alité, le pouvoir de l'esprit s'affaiblit. On a beau avoir été actif et alerte, l'esprit s'engourdit et la mémoire a des trous. Il arrive parfois que l'on ne se souvienne même plus des noms de nos proches, ou que la douleur soit si intense qu'on ne peut même pas réciter la plus petite prière. Ainsi déprimé, on commence à perdre espoir, à se dire que s'il n'y a point de remède, à quoi bon toute cette souffrance et ces peines ? On décide qu'il n'y a plus d'autre choix que de mourir. Famille et amis se lamentent de voir le patient entre la vie et la mort. Le mourant a de plus en plus du mal à attirer l'attention des vivants

Peu à peu, le corps perd sa chaleur et se raidit comme une bûche. Des grands maîtres du passé l'ont dit : le dernier repas est constitué par quelques pilules consacrées ou des médicaments difficiles à avaler. Les derniers mots entendus sont soit des psalmodies, soit des lamentations. Il n'y a pas de paroles de réconfort. Si l'on est riche, on peut encore être préoccupé de ses affaires, l'esprit peut être encombré de soucis à propos de dettes non épongées ou de la distribution des biens entre proches et amis. Peine et anxiété sont inexprimables. On essaie de prononcer quelques mots, mais ils sont à peine audibles. C'est tout juste si l'on voit les lèvres du mourant remuer. Le regard lui-même est triste et pitoyable.

Dans ces circonstances déplorables, les éléments du corps commencent à s'affaiblir. On est hanté par des hallucinations, on a l'impression d'être enseveli sous terre ou de tomber de très haut, ou encore de brûler vif. À mesure que se dissout l'élément eau, les yeux et le nez s'affaissent et se contractent, la langue se dessèche. Les éléments solides se désagrègent et le corps rétrécit. La chaleur s'en va, le corps se refroidit. L'énergie s'évapore, on perd la capacité de se mouvoir et la respiration devient difficile. On commence à haleter jusqu'au dernier soupir, comme la longue exhalaison d'une corde de violon qui se rompt. Le cœur s'arrête, et en quelques minutes le cerveau cesse à son tour de fonctionner. Alors, on est considéré comme cliniquement mort.

Selon la science moderne, les fonctions du cerveau cessent dans les minutes qui suivent l'arrêt de la respiration et du cœur. Cependant, pour un bouddhiste, il reste encore quatre étapes à parcourir. Il n'y a plus de symptômes extérieurs, seulement des signes intérieurs ou des impressions. À chaque phase, on voit des lumières de différentes couleurs. D'abord blanchâtre, puis rougeâtre, ensuite noire, et finalement, une sensation d'espace infini, qui est connue sous le nom de « claire lumière ». Bien que les niveaux grossiers de conscience aient cessé d'exister, la conscience subtile n'a pas quitté le corps. D'ordinaire, la capacité de demeurer dans la claire lumière appartient uniquement à des méditants chevronnés, mais il arrive que d'aucuns s'y absorbent accidentellement. L'un des meilleurs exemples d'un méditant hautement accompli est celui de Ling Rimpoché, mon tuteur principal, qui resta absorbé treize jours dans la claire lumière. Durant ce temps, son corps ne perdit rien de sa fraîcheur ni de sa vigueur.

Dans la vie, on se bat pour acquérir nourriture et richesses, mais à la mort, on laisse tout derrière soi. Qui sait comment vos biens seront utilisés par ceux qui en héritent ? Pendant quelques jours, ils vous pleureront peut-être, puis se querelleront pour le partage. C'est ça, la vie. Si vous allez au cimetière ou au crématoire, voyez ce que l'on fait des corps et songez qu'ils ne sont guère différents de vous.

C'est encore un moyen de méditer l'impermanence. Pourtant, ce n'est pas parce que l'on est décédé que l'on disparaît comme un tas d'herbes qui brûlent : l'existence se poursuit. La renaissance dans un royaume favorable ou non dépend des pratiques accomplies. Peut-on être sûr de renaître dans un monde favorable ?

Sans réfléchir à l'imminence de la mort, on ne se souvient guère de sa pratique spirituelle. Le chemin est notre guide dans le voyage vers l'inconnu. Dans la vie courante aussi, quand on veut se rendre quelque part où l'on n'a jamais mis les pieds, on prend soin de demander conseil à quelqu'un qui y est déjà allé. On emporte une carte avec soi, en prévoyant où s'arrêter, où dormir et quoi emporter pour le voyage. Mais quand vient le moment de partir pour ce lieu inconnu appelé la prochaine vie, les expériences accumulées dans celle-ci ne sont d'aucune utilité. La pratique est notre seul guide. Cela ne veut pas dire qu'on emporte avec soi un tas de textes, mais que notre esprit doit être minutieusement préparé et transformé.

Quel exercice nous aidera quand il s'agira de se rendre en cet endroit inconnu ? On peut toujours faire confiance aux actes positifs. Une méthode utile consiste à observer les dix actes positifs et à s'abstenir des dix actes négatifs*. Si l'on est à même de laisser des empreintes positives dans le mental et capable en particulier de générer un état d'esprit très positif au moment de la mort, on peut alors être assuré d'une renaissance favorable. Celle-ci dépend des actions accomplies, et la dernière avant le décès sera la première à produire son effet.

Se souvenir de l'esprit d'éveil amène automatiquement calme et paix à l'instant de la mort. Cultiver un esprit paisible et ouvert en mourant pousse une bonne action à mûrir et assure une bonne renaissance. C'est dire que, du point de vue d'un pratiquant bouddhiste, mener une existence quotidienne sensée signifie se familiariser avec des états d'esprit bienfaisants, ce qui, en dernier ressort, aide à affronter la mort. L'expérience au moment du décès sera positive ou négative en fonction de ce qu'aura été la pratique dans la vie. L'essentiel, c'est que votre vie quotidienne ait un sens, que votre attitude soit positive, heureuse et chaleureuse.

---

* Les dix actes positifs : protéger la vie ; partager ses biens ; observer une éthique sexuelle ; dire la vérité ; parler avec bienveillance ; proférer des paroles apaisantes ; dire des paroles utiles ; cultiver le contentement ; être bienveillant et avoir des vues justes.

Les dix actes négatifs : tuer ; voler ; l'inconduite sexuelle ; mentir ; semer la discorde ; parler rudement ; médire ; envier ; être malveillant et avoir des vues fausses.

UN BUT DANS LA VIE

Le grand maître Gongthang disait qu'une vie précieuse d'être humain libre, né sous une bonne étoile, ne s'obtient qu'une seule fois. Tout en ayant vécu des vies innombrables dans le passé, nous n'avons pas encore été capables d'en faire bon usage. Aujourd'hui, notre chance, ce sont des facultés mentales et physiques intactes, et un intérêt certain pour le dharma. Pareille vie est unique. De même, le dharma auquel nous avons accès est lui aussi unique. Il vient d'abord du Bouddha en Inde, puis il a été transmis par les grands maîtres indiens. Peu à peu, il s'est épanoui au Tibet, et cette tradition de la pratique bouddhiste est toujours bien vivante. Au Tibet, le pays des Neiges, nous avons maintenu l'ensemble complet de la pratique des enseignements du Bouddha. C'est pourquoi il est si important aujourd'hui de faire un effort concerté pour en user au mieux pour nous-mêmes et tous les autres êtres sensibles.

Ayant tous obtenu cette inestimable vie humaine, nous en jouissons sans en discerner la valeur. Dans le même temps, nous ne reconnaissons pas les limitations d'autres formes de vie qui n'ont pas le bonheur de comprendre l'enseignement. Les animaux et les oiseaux qui nous entourent n'en sont pas capables. Même dans le monde des hommes, si nous étions nés sans cet intérêt, nous les ignorerions comme des animaux. Des personnes plus sensibles peuvent penser qu'il y a quelque raison d'écouter les enseignements, sans toutefois s'engager au-delà dans l'étude et la contemplation. C'est dire que nous avons bien de la chance. Nous ne sommes pas nés dans ces pays non civilisés où le bouddhisme n'est pas pratiqué. Nous n'avons pas d'entraves majeures. Cette opportunité si précieuse, il nous faut en reconnaître la valeur et le potentiel.

Même les petits marchands savent qu'il est un temps et un lieu pour commercer. Ils savent que s'ils essaient de vendre leurs articles hors saison, ils ne réussiront pas. Pareillement, le fermier connaît les tendances du temps et n'hésite pas à cultiver son champ quand vient le moment propice, même s'il doit travailler jour et nuit. Pareillement, nous autres, humains libres et nantis, une rare occasion nous est donnée, et nous avons le loisir d'en faire le meilleur usage.

Bien entendu, lorsque je parle de la pratique du dharma et de son importance, je n'essaie nullement de forcer quiconque à s'y plier. Tenter d'obliger quelqu'un à faire quelque chose, quand bien même cela en vaut la peine, ne sert à rien. La transformation mentale est la pratique bouddhiste essentielle, et c'est dans ce but que l'on s'engage dans la contemplation et la méditation. Cette dernière est un moyen de se familiariser avec les aspects positifs de l'esprit. Ainsi, on s'efforce d'apprivoiser notre mental désordonné et indocile. L'esprit peut à coup sûr être exercé. Prenez l'exemple de l'entraînement d'un cheval. Au départ, il peut être sauvage et difficile à maîtriser, mais petit à petit, on peut le domestiquer. De même, au début, quand on a peu d'entraînement mental, l'esprit est tellement attaché aux habitudes négatives qu'il est difficile de le contrôler, et il suit son propre chemin. La méditation est donc un moyen de modifier notre attitude mentale et de rendre l'esprit plus positif.

À force de songer et de réfléchir à la valeur de la vie humaine et à la rare occasion qu'elle offre, on se convainc de la nécessité de transformer l'esprit et d'accéder finalement à l'éveil. Méditer, cela signifie familiariser pleinement l'esprit avec le thème de la méditation, la compassion par exemple. Ainsi, il nous est possible de le transformer de manière à ce que, disons, dès que l'on songe aux misères des êtres sensibles, nous soyons poussés à prendre la responsabilité d'aider autrui. Cette sorte de contemplation-réflexion s'appelle méditation analytique.

Quand on rencontre quelqu'un pour la première fois, on ne distingue pas d'emblée ses différentes expressions, attitudes ou habitudes. Mais à mesure que nous le connaissons mieux, on s'habitue à ses manières. En fréquentant des amis de qualité, peu à peu, on acquiert leurs bonnes qualités. Sous leur influence, on peut également corriger un comportement négatif, car on prend soin de ne pas agir de façon à leur déplaire. La conscience englobe une multitude d'états mentaux, que l'on peut grouper en trois catégories : les neutres, les bénéfiques, et ceux qui sont négatifs et nuisibles. Il faut s'accoutumer aux états d'esprit positifs et se laisser influencer par eux, tout comme l'on se rapproche de bons amis. Il convient de cultiver les aspects positifs de l'esprit, ceux qui sont bienfaisants. C'est comme jardiner ou cultiver. On cultive des fleurs et des plantes utiles en arrachant la mauvaise herbe.

Lorsqu'il s'agit de créer des valeurs spirituelles, il convient de faire personnellement l'effort en se servant de l'esprit lui-même. Les défauts mentaux doivent êtres réduits, et les qualités positives développées. D'abord, on doit distinguer entre les aspects positifs et destructeurs de l'esprit. Il faut apprécier et cultiver les premiers. Pour les autres, c'est-à-dire la colère, la jalousie, la compétitivité ou l'attachement, il faut comprendre en quoi ils sont négatifs, comment ils adviennent et pourquoi ils nous laissent désorientés et malheureux. Saisir leurs inconvénients aide à les amoindrir. Il ne suffit pas simplement de dire que ce sont des états négatifs parce que les Écritures le disent. Il faut examiner notre propre expérience pour trouver nous-même en quoi ils le sont.

Par exemple, quand on s'emporte et qu'on élève la voix avec violence, on profère souvent des méchancetés. Sur le moment, on est réellement fou, on perd tout discernement. L'expression du visage est vilaine, horrible. À l'évidence, ce comportement perturbe. Les familles qui ne cessent de se quereller sont-elles plus heureuses ? Les lieux où conflits et bagarres sont incessants sont-ils plus accueillants ? Bien sûr que non. Si un individu colérique vient nous rendre visite à l'improviste, peut-être n'a-t-on pas vraiment envie de lui souhaiter la bienvenue, alors que si le visiteur est une personne agréable, compatissante, on l'invite tout de suite à s'asseoir et on lui offre du thé. Chez autrui, on identifie aisément la négativité de la colère, de la jalousie et de la compétitivité.

Parmi tous les aspects fâcheux de l'esprit, ce sont fondamentalement la colère, l'attachement et la compétitivité qui sont responsables des autres états négatifs. Une fois établi leur caractère pernicieux, on sera à même de reconnaître leurs signes avant-coureurs. Ce processus analytique peut contribuer à guider l'esprit dans une direction positive. Ce genre de pratique est aussi efficace qu'utile. Quand on parle de méditation, on est tenté de songer à des méditants assis tout là-haut dans la montagne. La pratique du dharma concerne la transformation de l'esprit, et c'est seulement par la méditation répétitive et la familiarisation qu'on peut métamorphoser l'esprit. C'est quelque chose que nous pouvons tous faire, où que nous soyons.

Une fois arrivé à une conclusion par la méditation analytique, quand on commence à mieux percevoir l'objet de la méditation, il faut s'efforcer de laisser l'esprit demeurer concentré un moment en un seul point. En combinant ainsi la méditation analytique et la concentration unipointée, il est possible de graduellement transformer l'esprit. C'est beaucoup plus efficace que de réciter des centaines de prières. De la sorte, on sera capable de donner un sens à la vie. Si, au contraire, on temporise en remettant toujours au lendemain, au mois prochain ou à l'année suivante, il ne sera plus temps. Si vous pensez pouvoir pratiquer seulement après avoir réalisé tel projet ou fait le vide sur votre chemin, jamais ce temps ne viendra. Il est dit que plus on entreprend d'activités, plus il y en a, comme les incessantes vagues de la mer. Ne vaudrait-il pas mieux arrêter et se mettre à pratiquer le dharma ?

Quand j'étais jeune, tout ce qu'on me demandait était de mémoriser et de réciter quelques textes. J'avais beaucoup de temps et peu d'intérêt. Vers mes vingt ans, j'ai fait des efforts et j'ai pu acquérir une certaine compréhension de la réalité du nirvana. J'attendais de faire la grande retraite, celle de trois ans et trois mois, mais j'étais de plus en plus occupé, et je n'en ai pas eu le temps. Aujourd'hui, tout en étant très pris, je m'arrange pour me ménager les occasions et j'accomplis toute pratique possible.

Même les moines et moniales ordonnés dans leurs cellules ont toujours quelque chose à faire. Jamais ne vient le temps d'être disponible, inactif, si bien qu'il faut chaque jour le prendre. Peut-être convient-il de se lever un peu plus tôt, afin de trouver une ou deux heures le matin pour méditer. Si vous dites que vous ferez votre pratique une fois achevé votre travail, c'est un signe que vous n'avez pas réellement envie de vous y mettre. Ce qui faisait dire au grand Gongthang que si vous voulez pratiquer le dharma, ne remettez jamais à demain ou après-demain. Faites-le aujourd'hui. Si vous dites que vous le ferez demain, il y a toutes les chances que la mort vienne avant. La mort est sûre et certaine, mais son heure ne l'est pas — elle peut frapper à chaque instant, c'est pourquoi il n'y a pas de temps à perdre.

La tradition conseille d'observer extérieurement la discipline monastique, de méditer intérieurement l'esprit d'éveil et de pratiquer en secret les deux degrés de la voie tantrique. Il est capital de pratiquer le dharma dès sa jeunesse, quand le corps et l'esprit sont souples et énergiques. Il est particulièrement important de pratiquer le tantra jeune, quand les canaux psychiques et leurs énergies sont neufs. En général, quand on vieillit, les maladies surviennent et la mémoire faiblit. On remarque cependant que ceux qui ont étudié et médité dans leur jeunesse gardent à la vieillesse un esprit vif, agile et actif. Si l'on pratique certain yoga de la divinité ou le transfert de conscience dès sa jeunesse, grâce à l'habitude ainsi acquise, on sera capable de s'en souvenir au moment de la mort. C'est dire que, du point de vue de la méditation, si l'on veut suivre la voie complète, il importe de commencer jeune. Pratiquant accompli, on souhaite la bienvenue à la mort ; pratiquant modéré, on l'accueille sans crainte ; et même débutant, on n'a rien à regretter quand elle vient.

Pour commencer, on purifie ses actions malfaisantes en les admettant ouvertement. Faisant appel aux bouddhas et bodhisattvas des dix directions, on reconnaît que, depuis des temps immémoriaux, ballotté dans le cycle de l'existence de cette vie et dans les autres, on a commis par ignorance des actes négatifs et incité autrui à faire de même. Reconnaissant ces erreurs, on les confesse en les regrettant.

Pourquoi confesser des actions mauvaises ? Parce que sinon, il est très probable que la mort nous emporte avant que nous ayons eu l'occasion de le faire. Ainsi, on demande protection au Triple Joyau, afin qu'il nous aide à nous affranchir de leurs conséquences néfastes. Il faut faire vite, les avouer et les purifier rapidement, car la mort est imprévisible. Elle n'attend pas de voir si l'on a terminé ou non ce que l'on prévoyait de faire. Elle ne s'abstient afin de permettre à quiconque de vivre plus longtemps pour n'avoir pas accumulé suffisamment de bonnes actions. Elle ne fait pas de différence ; que l'on soit malade ou bien portant, la mort n'attend jamais.

Fluctuante et incertaine est la vie. Il nous faut laisser derrière nous parents et biens. Inattentifs, on accumule des actions nocives physiques, verbales et mentales, par rapport à ceux qui nous sont proches et ceux qui nous le sont moins. Qu'ils nous soient amicaux ou non, eux aussi vont bientôt disparaître. Votre prétendu ennemi va pareillement mourir. Vos soi-disant amis également. Cela, c'est certain. Et pas seulement ça : nous qui avons accumulé en abondance bonnes et mauvaises actions à l'égard de ces amis et de ces ennemis, nous allons aussi disparaître. Nos amis et nos proches, nos ennemis et nos biens — tout est éphémère, impermanent, et finit par disparaître. Le temps viendra où nous ne pourrons plus les voir ni les entendre. Lorsque nous songerons à eux, ils ne seront plus que des souvenirs. On aura l'impression que tout n'aura été qu'un rêve. Tous les phénomènes conditionnés, l'environnement dans son ensemble, tout ce qui vous a fait plaisir — tout ne sera plus que de vagues réminiscences.

Néanmoins, les actes malfaisants accumulés resteront. Quand bien même nombre de nos amis et ennemis sont morts, les actions négatives persistent dans l'esprit tant que l'on n'adopte pas d'antidotes en vue de les purger et de s'en débarrasser. Les émotions perturbatrices et les actions négatives qu'elles engendrent demeurent vives jusqu'à leur purification.

Faute de n'avoir jamais saisi la fugacité de notre nature, nous n'avons jamais compris que notre vie sera brève. Faute de l'avoir réalisé, par ignorance, attachement ou animosité, nous nous sommes engagés en toutes sortes d'actions néfastes. On a manifesté de l'indifférence envers des êtres sensibles neutres ; de l'attachement à nos amis ; de la colère, de la jalousie et de l'aversion à l'égard de nos ennemis. En même temps, nos vies se sont dissipées et s'acheminent vers leur terme. Jamais le jour, pas plus que la nuit, n'attend. Minute après minute, seconde après seconde, le temps se consume et nos vies s'en vont. Elles se dirigent inexorablement vers leur conclusion.

À l'échéance, le mérite engrangé est l'unique refuge. Si vous avez respecté la morale, pratiqué les dix qualités vertueuses et cultivé un peu de compassion authentique, vous devez avoir une solide réserve de bonnes qualités dans l'esprit. C'est la seule chose qui puisse vous aider. Nul autre ne peut le faire et vous n'aurez en quête de secours personne vers qui vous tourner. Mais comme votre propre esprit ne vous est pas caché, peut-être allez-vous découvrir que vous n'avez recueilli aucune de ces bonnes qualités. Vous vous plaindrez : « Par inconscience, inattention et méconnaissance d'un état aussi effrayant que celui-ci, j'ai commis d'innombrables actions néfastes en raison précisément de la fugacité de cette existence. J'ai gaspillé ma vie en futilités. » Il n'y a pas de médicaments pour guérir les émotions perturbatrices. L'unique remède, ce sont les instructions et les enseignements du Bouddha. Rien d'autre n'est en mesure d'extirper ces maux à la racine.

Le vrai refuge, c'est le dharma. On s'en remet aux bouddhas et bodhisattvas, mais, comme le disent les Écritures, les bouddhas n'effacent pas les actes négatifs des êtres sensibles. Ils ne peuvent pas, de leurs mains, enlever aux êtres sensibles leurs souffrances, ils ne sauraient transférer leurs accomplissements à autrui. C'est seulement en percevant la véracité de la réalité que les êtres sensibles sont affranchis. Par conséquent, on prend refuge en le véritable protecteur, soit le dharma. On dit alors : « Dans le passé, j'ai transgressé les instructions. Maintenant que j'ai vu ce qu'est la peur, je prends refuge en vous et vous prie d'apaiser rapidement mes craintes. »

Au cours de ce siècle, durant les Première et Seconde Guerres mondiales, il y a eu tant et tant de morts. Il y a eu les Juifs assassinés en masse par les nazis, l'extermination de millions de gens sous Staline. De même, des millions et des millions de personnes sont mortes sous le régime de Mao. Tous ces morts sont dus aux émotions conflictuelles dans l'esprit de celui qui a donné les ordres. Quand on ne sait pas comment les contrôler, ces perturbations suivent leur propre cours. Il peut en résulter une incroyable destruction. Il est donc absolument vrai de dire qu'une seule émotion aliénante peut détruire tous les êtres sensibles du monde. Tous les maux, les troubles et les malaises que nous expérimentons ici et maintenant sont dus à ces émotions.

Toutes les qualités excellentes, tous les bonheurs viennent d'un esprit désireux d'être bénéfique à autrui. Qu'il s'agisse d'un résultat matériel positif ou d'une réalisation spirituelle, toutes les meilleures qualités découlent d'un esprit au service des êtres sensibles. Que nous acceptions ou non telle ou telle voie religieuse, chacun de nous doit s'efforcer d'avoir bon cœur. Si l'on y parvient, on connaîtra paix et bonheur. Ne nous sentons-nous pas mieux quand on nous accueille avec le sourire ? Et n'est-on pas mal à l'aise quand quelqu'un grogne et nous regarde de travers ? Nous sommes des animaux sociaux ; la coopération et la dépendance mutuelle forment la base même de notre existence. La coopération se fonde sur une attitude de bienveillance aimante l'un pour l'autre. Quand elle existe, paix et bonheur règnent dans la famille, dans le quartier et dans l'ensemble de la société. Par ailleurs, si par ressentiment à l'égard d'autrui on ne cesse de comploter l'un contre l'autre, on a beau avoir accès à toutes les facilités matérielles, le bonheur nous fuira.

Dans les systèmes totalitaires, des espions se glissent dans chaque activité de la communauté, et jusqu'au sein des familles. Il en résulte que les gens perdent mutuellement confiance et se soupçonnent constamment. Une fois faussé le sens cardinal de confiance et d'appréciation sincère des uns et des autres, comment s'attendre à trouver le bonheur ? On vit alors dans une société ravagée par la peur et la suspicion, comme un corbeau effrayé par son ombre.

Autrement dit, un esprit désireux d'être bénéfique à autrui est la base même de la paix et du bonheur. Aujourd'hui, nombre de pays développés connaissent un certain niveau de progrès matériel et technique. Mais, faute de paix intérieure et de compassion, ils n'en continuent pas moins de faire face à quantité de problèmes. C'est une grave erreur de croire que seul l'argent peut apporter satisfaction et contentement. L'altruisme, ou un esprit secourable à autrui, joue à coup sûr un rôle important.

En raison de ses perfectionnements techniques, le potentiel destructeur de l'armement moderne va bien au-delà de notre imagination. Certes, on dit qu'il faut faire la guerre pour avoir la paix. Mais comment établir une paix et un bonheur durables en se fondant sur la guerre et la haine ? Une véritable coopération, une paix durable et le bonheur ne peuvent advenir que fondés sur la compassion et la bienveillance aimante. À chaque fois que je m'entretiens avec quelqu'un au cours de mes voyages, je relève toujours l'importance d'un esprit bien tourné, ouvert à autrui. Les textes bouddhistes accordent une importance toute particulière à cultiver l'altruisme. L'altruisme dont je parle est vraiment unique, car il s'agit de modeler un esprit visant à la bouddhéité pour tous les êtres sensibles qui souffrent.

Afin de cultiver l'altruisme et l'esprit d'éveil, la méditation est essentielle. Pour qu'elle soit fructueuse, il importe de savoir comment s'y préparer. On commence par disposer un siège confortable et arranger un autel. On s'installe ensuite en posture adéquate et l'on réfléchit aux quatre souhaits incommensurables : l'amour, le désir de bonheur pour tous ; la compassion, afin que tous les êtres soient affranchis de la souffrance ; la joie qu'ils demeurent à jamais dans la félicité ; et l'équanimité dénuée d'attachement et d'aversion. On visualise les champs de mérite et l'on fait offrande du mandala représentant tout l'univers. Puis l'on prie et l'on reçoit la bénédiction.

Ces exercices préparatoires sont à accomplir comme part importante de toute méditation. Il convient d'abord de disposer d'un endroit propre et confortable où pratiquer. En même temps, il faut prendre garde à ne pas tomber dans les huit soucis mondains : perte et gain ; plaisir et peine ; louange et blâme ; gloire et discrédit. En ordonnant l'autel et les images, il convient de les traiter avec respect, que ce soit des bouddhas ou des bodhisattvas, sans s'arrêter à leurs qualités esthétiques ou au matériau dont ils sont façonnés.

Le Bouddha ne porte pas d'arme, c'est un simple. moine. Un texte de logique illustre sa compassion omniprésente. Il relate l'histoire de deux personnes installées à ses côtés, de part et d'autre, l'une l'oignant respectueusement d'huile de santal et la seconde lui enlevant un morceau de chair avec une lame aiguisée. Pourtant, le Bouddha ne fait aucune distinction entre elles. Il n'a pas d'amis dont se soucier en particulier, ni d'ennemis à éliminer. Avant l'éveil, il a maîtrisé toutes les forces négatives sans arme tranchante ni missiles, juste par l'amour et la compassion. En y songeant, je ne puis m'empêcher de célébrer ses étonnantes qualités.

En préparant l'autel, il convient d'arranger convenablement les images en bon ordre, et de placer devant elles les offrandes. Celles-ci doivent être pures et avoir été obtenues honnêtement. Il ne faut pas les considérer uniquement en tant que biens matériels. Ainsi, il est répréhensible de vendre des textes, des statues ou des stupas simplement pour se remplir l'estomac. En revanche, distribuer des textes rares et utiliser divers moyens d'impression pour les diffuser est acceptable. J'ai appris qu'au Tibet, il se fait commerce jusqu'à la contrebande d'images et d'autres objets rituels, et j'en suis profondément attristé.

En vue de façonner l'esprit d'éveil semblable au Joyau, on fait des offrandes au Bouddha, au dharma et à la communauté des bodhisattvas aux qualités infinies. Elles sont physiques, verbales et mentales. Comme nos propres biens sont limités en quantité et qualité, on peut mentalement visualiser de grandes offrandes florales, de fruits, de plantes médicinales et de pierres précieuses. On peut imaginer offrir tout ce qui, à travers le monde, n'a pas de propriétaire : l'eau claire et pure, les montagnes, les forêts, des endroits paisibles isolés, des nuages d'encens, des plantes aux belles fleurs, des arbres ployant sous les fruits, des récoltes sauvages, les océans, des étangs couverts de lotus, des oiseaux chanteurs. On prie les bouddhas, le dharma et la communauté spirituelle d'accepter ce que l'on offre et, dans leur grande compassion, de prendre soin de nous. Hommage est rendu aux lieux d'éveil, aux reliquaires abritant des textes, etc., en récitant prières et louanges, non par crainte ou flatterie, mais inspiré par la foi et l'admiration.

L'hommage physique consiste à s'incliner devant les objets du refuge. Les cinq parties du corps doivent toucher terre : les deux genoux, les paumes des deux mains et le front. Les paumes, pas seulement les poignets, doivent se poser à plat par terre. Pareillement le front. C'est ainsi que l'on fait une demi-prosternation. Pour la prosternation complète, c'est le corps entier qui est allongé sur le sol, comme un arbre tombé. Il faut étendre les bras et poser pleinement les deux mains à terre. Les bras ne doivent pas être repliés comme des pattes de grenouille. Comme il est dit que le mérite acquis lors de prosternations est fonction de l'espace couvert par le corps, un lama fameux de Chamdo au corps puissant disait que sa haute stature lui avait assuré une grande provision de mérite... Donc, il faut s'étendre le plus possible. Accomplir la prosternation totale entièrement étalé sur le sol n'est pas un instant de repos, il faut se relever rapidement.

En laissant un espace entre elles, on rapproche les mains comme pour tenir un joyau. L'espace vide entre les mains représente la vacuité et la possibilité d'atteindre le Corps de vérité du Bouddha. Bien entendu, la vacuité ne signifie pas le néant. On peut l'expliquer également en tant qu'état dépourvu de la moindre obstruction. Donc, le creux entre les mains et la forme ainsi façonnée symbolisent les deux corps du Bouddha : respectivement, le Corps de gloire (ou de vérité), et le Corps formel.

Les mains réunies de la sorte, on les porte au front, représentant nos actions physiques ; à la gorge, siège de la parole, et au cœur. La conscience peut résider n'importe où, mais lorsqu'on porte les mains à hauteur du cœur, le centre du corps, on indique le site d'une énergie indestructible où réside l'esprit primordial. Après avoir effleuré ces trois points, on s'incline et l'on touche terre.

Vient ensuite l'offrande d'eau aux bouddhas et bodhisattvas, mais sans avoir encore rangé les bols vides. Il faut prendre le premier et le remplir, puis verser l'eau dans le suivant en en laissant quelques gouttes dans le premier que l'on place alors sur l'autel. Ainsi, chaque bol aligné contiendra un peu d'eau. En les remplissant, versez l'eau soigneusement, avec précaution. Sinon, elle éclaboussera partout, ce qui est un manque de respect. Quand on offre du thé, on n'en verse pas sur toute la table. Lorsqu'on fait des offrandes, on s'adresse à des êtres supérieurs accomplis. La manière de verser l'eau est décrite ainsi : en forme de grain d'orge fin et léger au début, épaisse et solide au milieu, et s'amenuisant à nouveau à la fin. Il faut aussi préparer une lampe propre. Un aimable vieux lama m'expliqua que quand il préparait une très grosse mèche, le beurre ou l'huile de la lampe s'épuisait vite et fumait beaucoup. La lampe à beurre doit toujours être propre et bien tenue.

Quand on fait quelque chose de mal, il convient de faire acte de contrition. Milarepa a dit : « Si vous songez à purifier des actions néfastes, il faut s'en repentir. » Il faut cultiver un solide sens de la mesure, ce qui signifie être résolu à s'abstenir de répéter les erreurs commises. Réciter certains mantras, notamment le mantra de cent syllabes, et des prières de confession ; tourner autour d'un sanctuaire et accomplir des prosternations en étant sérieusement motivé : voilà de puissants moyens de purger des actes négatifs. De même, on peut méditer la vacuité dans ce désir de purification.

L'étape suivante consiste à se réjouir. Ce qui signifie ne pas être jaloux ou envieux des succès d'autres pratiquants du dharma. Au contraire, en vouant une admiration sincère à la pratique réussie d'autrui, on engrange beaucoup de mérite. Quand on voit quelqu'un amasser les causes menant à une bonne renaissance ou quelqu'un qui s'y trouve déjà, il y a matière à s'en réjouir. De même, il convient de se réjouir de mérites accumulés transformés en cause d'éveil. Il faut se réjouir que des êtres sensibles s'affranchissent des souffrances du cycle de l'existence par la pratique des trois exercices. Les causes menant à la bouddhéité, les dix étapes des bodhisattvas et la bouddhéité elle-même sont autant de motifs de réjouissance. Générer l'esprit d'éveil, l'esprit désireux d'être bénéfique à autrui, l'esprit de la grande vertu qui donne paix et bonheur à tous les êtres sensibles : voilà la source du vrai bonheur.

Dans la phase suivante, on prie les bouddhas de mettre en branle la roue de la doctrine. Les mains jointes, expression physique de la supplication, on s'adresse à tous les bouddhas des dix directions. L'esprit des êtres sensibles est obscurci par l'ignorance et la douleur. Afin de dissiper ces misérables ténèbres, on demande aux bouddhas d'allumer la lampe du dharma. Ensuite, on les prie de ne pas entrer dans le nirvana final, mais pour le bien de tous les êtres, de demeurer en ce monde des temps innombrables afin d'enseigner le dharma à ceux qui souffrent.

Puis, c'est la dédicace. Ayant procédé de la sorte à l'accomplissement de ces activités porteuses de vertu, on les consacre en formant le vœu qu'elles deviennent la cause qui dissipe les peines d'innombrables êtres. On formule des souhaits en vue de devenir médecin, remède et aide-soignant jusqu'à ce que chacun soit guéri. Afin de chasser la faim et la soif en période de famine, soyons nourriture et boisson. Pour éloigner la pauvreté, métamorphosons-nous en trésor inépuisable. Soyons présents à ceux qui souffrent sous des formes innombrables en comblant leurs besoins. Pareillement, afin de servir les myriades d'êtres sensibles, du fond du cœur, offrons notre corps physique, nos biens et nos vertus accumulés dans le passé, le présent et l'avenir.

Ces offrandes-là sont très importantes, car en renonçant à tout et en en faisant don, l'esprit devient capable de transcender la souffrance. Quand bien même nous nous accrochons à nos possessions et aux facilités matérielles, sans vouloir y renoncer, tôt ou tard viendra le moment de nous en séparer. Donc, mieux vaut les offrir tant que nous le pouvons, car il nous sera alors possible d'en récolter les fruits durant d'innombrables vies à venir. C'est pourquoi il convient d'accomplir la consécration du fond du cœur, offrant notre corps physique aux êtres sensibles afin qu'ils l'utilisent à leur guise.

Après ces préliminaires, la méditation proprement dite peut commencer. Il est bon de surélever légèrement le dossier du siège de méditation. Cela permet de redresser le dos, contribuant de la sorte à faciliter l'écoulement des énergies dans les canaux. En commençant, examinez votre motivation. Si elle est neutre, appliquez-vous immédiatement à la transformer en bon état d'esprit. Si votre esprit se trouve sous l'emprise de quelque influence négative, commencez d'abord par méditer votre rythme respiratoire. Efforcez-vous ainsi d'éloigner la négativité et de neutraliser votre état d'esprit, puis muez-le en positif. C'est comme teindre un vêtement. Un tissu blanc peut être teint en n'importe quelle couleur, mais il est plus difficile de colorer une étoffe qui l'a déjà été. Quand l'esprit est submergé de haine ou d'attachement, malgré tous les efforts, il n'est guère facile de faire des pratiques de qualité. Essayez d'abord de modifier votre état d'esprit et de le rendre neutre grâce à la méditation respiratoire.

Pendant la pratique, rappelez-vous le thème de la méditation. Au début de chaque journée, il convient de générer une forte motivation en pensant : « Dès maintenant et jusqu'à ma mort, je ferai de mon mieux pour être utile et bénéfique à autrui. » Puis, avant de fermer les yeux le soir, songez à la manière dont s'est déroulée cette journée. Si vous trouvez que votre conduite a été utile et bénéfique, réjouissez-vous et renforcez votre détermination de poursuivre ainsi le restant de vos jours. Si vous voyez que votre comportement a été négatif, que vous avez embêté quelqu'un ou dit des méchancetés, il faut l'admettre ouvertement. Appelez-en à la bienveillance des bouddhas et bodhisattvas, reconnaissez votre erreur et engagez-vous à ne pas la répéter. Telle est la bonne manière de pratiquer le dharma. Si vous négligez cette façon de faire tout en continuant de mener votre vie comme avant, vous ne progresserez pas. Il convient de passer le temps consacré à la méditation de manière réfléchie.

Cultivez la pensée que même si des êtres sensibles vous ôtent la vie, vous calomnient ou vous narguent, qu'ils le fassent. Si quelqu'un veut s'amuser de vous, vous ignorer, vous brutaliser, vous embêter ou faire de votre corps un objet de dérision ou de moquerie, offrez votre corps à son bon plaisir. Ensuite, réfléchissez : « Puisque j'ai donné du fond du cœur ce corps à tous les êtres sensibles, qu'ils l'utilisent et en prennent à leur aise. Je n'ai pas besoin de le protéger. Qu'ils fassent ce qu'ils entendent, pourvu que cela ne nuise à personne. Que jamais quiconque se tourne vers moi, ne se détourne sans avoir atteint son but. Si quelqu'un développe haine ou aversion à mon propos, qu'elle soit cause de la réalisation de son dessein. Si quelqu'un s'adresse à moi sur le ton du sarcasme, me nuit ou me brocarde, qu'il puisse atteindre la bouddhéité. » Un lien karmique s'établit même par la critique, le sarcasme ou la moquerie. En conséquence, on forme le vœu que cela devienne une cause d'éveil pour eux.

Pour le moment, nous ne sommes que des gens ordinaires, mais en formant un souhait du fond du cœur de modeler sans relâche l'esprit d'éveil, en nous y engageant de façon répétée et déterminée, nous atteindrons la bouddhéité au nom de tous les êtres sensibles. Comme le dit le bodhisattva : « Puissé-je à jamais, temporairement et ultimement, devenir un protecteur de tous ceux qui sont sans protection. Puissé-je devenir un guide pour ceux qui ont perdu leur chemin, un vaisseau pour ceux qui veulent traverser les grands océans. Puissé-je devenir un pont pour ceux désireux de passer les rivières, une île pour ceux qui sont en danger ou ballottés en mer. Puissé-je être une lampe à ceux qui ont besoin de lumière, un gîte pour ceux qui recherchent un abri, un serviteur pour ceux qui en ont besoin. Autrement dit, puissé-je devenir tout ce dont les êtres ont besoin, sous quelque forme que ce soit, comme un précieux joyau-qui-exauce-tous-les-désirs, une coupe-qui-réalise-tous-les-souhaits, des mantras efficaces, des remèdes, un arbre céleste accomplissant tous les vœux, la vache miraculeuse qui comble toutes les attentes. Comme tous les grands éléments — terre, eau, feu et air —, ainsi que l'espace dont ils dépendent, puissé-je devenir un objet de jouissance pour l'infinité des êtres sensibles. Puissé-je devenir l'assise de survie de tous les êtres sensibles. »

Quand on est à même de cultiver cette attitude mentale, il n'y a rien à quoi se raccrocher ou s'agripper à soi. On ne laisse aucune prise à une attitude égoïste. On en arrive à la conclusion déterminée que le seul dessein qui vaille est celui de répondre aux besoins d'innombrables êtres souffrants. Tout comme les grands éléments existent depuis toujours pour l'usage et au service des êtres sensibles, vous formez le vœu d'être vous aussi capable d'en faire autant.

Le bodhisattva exprime ensuite ce souhait : « Puissent mon corps, ma parole et mon esprit être profitables à autrui. Et puissé-je prendre sur moi l'expérience de toutes les peines des êtres, les méfaits qui y conduisent et les émotions aliénantes qui les motivent. Puissent-ils expérimenter toutes mes expériences agréables et mes qualités. » Et de conclure : « Tant que durera l'espace, puissé-je moi aussi demeurer et pouvoir dissiper les infinies douleurs des êtres sensibles. »

Pareille détermination est merveille inconcevable, mais cela ne veut pas dire que nous ne puissions la générer. Par l'exercice répété, on peut nous aussi créer un tel esprit. Maîtrisé et entraîné, notre esprit actuel, aussi rude et ignorant soit-il, peut graduellement être transformé en esprit éveillé. « De toutes les façons et en tout temps, puissé-je devenir source de subsistance, source appréciée pour tous les êtres jusqu'à ce qu'ils transcendent la douleur, qu'ils accèdent au nirvana. » Ce genre d'enseignement conforte réellement la détermination.

Se voir soi-même comme inférieur à autrui. Les petits insectes peuvent être impuissants et faibles, mais ils ne sont pas destructeurs. Ils ne nuisent pas ni ne bouleversent les autres. Nous nous qualifions nous-mêmes d'humains et nous nous croyons très intelligents, mais comment utilisons-nous notre intelligence ? On trompe autrui, on saisit la moindre occasion de malmener et d'abuser les autres. En se comparant aux êtres sensibles, il faut tenter d'apprécier leurs qualités positives. Et en nous observant nous-mêmes, il nous faut essayer de reconnaître nos fautes et de les corriger.

L'esprit humain est malléable en maintes façons. Il peut adopter une attitude positive ou négative en fonction des conditions. D'une part, dès qu'il y a risque d'émotions perturbatrices, il faut essayer de se voir inférieur au moindre insecte. Mais d'un autre côté, quand il s'agit d'accomplir une tâche majeure, comme d'exaucer les désirs des êtres sensibles, il convient de ne pas déprimer. C'est à ce moment-là qu'il faut créer en nous courage mental et détermination. Il faut avancer et se dire : « Je prends seul la responsabilité de servir d'innombrables êtres sensibles. » On procède de la même manière pour générer l'esprit d'éveil. On visualise bouddhas et bodhisattvas devant soi et l'on fait résolument vœu de devenir une source de paix, de bonheur, de joie et de survie pour tous.

Ayant reçu un tel esprit en partage, il convient de s'en réjouir. On rend ainsi sa vie utile et significative, car cultiver l'esprit d'éveil pose les fondations permettant d'accéder à la bouddhéité. D'une part, on a obtenu une inestimable vie d'être humain libre et bien loti, et de l'autre, nous sommes nés aujourd'hui dans la famille et le lignage du Bouddha. En générant l'esprit d'éveil, nous sommes devenus des enfants du Bouddha. Le qualificatif peut parfois se référer uniquement à ceux qui l'ont réellement cultivé. On peut au moins entamer l'ébauche de cette façon de voir, avancer un peu vers lui, et c'est déjà une raison de se réjouir.

Quand on s'embarque à telle enseigne, il convient de le faire de bon gré, volontairement, et avec joie. Si, d'une manière ou d'une autre, un aveugle trouve un joyau rare et précieux dans un tas de poussière, il lui faut l'apprécier et en prendre soin. Pareillement, quand bien même des émotions perturbatrices nous affectent, grâce aux enseignements du Grand Véhicule et à la bonté de nos enseignants, jusqu'à un certain point, il nous est possible d'apprécier l'esprit éveillé. Nous avons pu le cultiver aujourd'hui précisément pour cette raison. C'est l'élixir suprême pour la mort qui vient, car il mène à la bouddhéité.

À court terme, si vous désirez simplement être bénéfique aux êtres sensibles, vous aurez davantage de courage, votre esprit sera plus tranquille et les éléments de votre corps seront mieux équilibrés. Si vous prenez un remède, vous le digérerez mieux. Juste un peu d'altruisme est comme le nectar suprême qui triomphe de la mort et de ses causes. L'esprit éveillé est aussi pareil à un trésor inépuisable qui dissipe la détresse des êtres souffrants. Dans l'immédiat, il débarrasse de la médiocrité de cette existence. En fin de compte, toutes les excellentes qualités de ce cycle — l'état de libération, la bouddhéité — découlent de l'esprit éveillé. Il est semblable à un remède suprême guérissant de tous les maux, ou comme l'arbre-qui-exauce-les-souhaits, à l'ombre duquel les êtres errants peuvent se reposer. Il est pareil au pont par-delà lequel les êtres sensibles peuvent être affranchis de leurs états d'existence négatifs.

Cultiver l'esprit d'éveil, c'est comme la lune qui illumine, dissipant les ténèbres des émotions aliénantes, ou le soleil brillant qui fait fondre la trouble ignorance. C'est le beurre du barattage du lait du dharma. Les êtres sensibles sont pareils à des voyageurs errant sans fin sur les chemins de l'existence. L'esprit désireux d'être secourable à autrui est comme la nourriture de ces vagabonds. Nous tous qui errons dans le cycle de l'existence sommes semblables. La seule différence, c'est qu'aujourd'hui, grâce à nos mérites, à la bienveillance de nos enseignants et parce que nous avons découvert les enseignements du Bouddha, nous sommes capables de cultiver cet esprit éveillé en présence des bouddhas et bodhisattvas.

DE LA VIGILANCE DANS LA VIE

Pour moi, cultiver l'esprit d'éveil est la source de tous les bonheurs. C'est la voie qui permet d'accomplir ses propres desseins et ceux d'autrui. Comment pourrions-nous y renoncer ?

Ceux d'entre nous qui s'efforcent de suivre le mode de vie des bodhisattvas ont endossé une grande responsabilité, qui est de pourvoir au bien-être de tous les êtres dans l'univers. Par conséquent, il importe d'étudier les différents préceptes du bodhisattva indiquant comment s'exercer et quelles erreurs éviter. S'en rappeler ne suffit pas, il faut assurer que dans notre vie courante, notre comportement ne soit négatif ni par le corps, ni par la parole, ni par l'esprit. Nous devons nous abstenir d'actions mauvaises. Cette pratique doit être développée au point d'être vigilant jusque dans nos rêves. Si l'on en est capable, on pourra maintenir cet état d'esprit sans qu'il faiblisse.

En empêchant quiconque, ne serait-ce qu'un seul instant, d'engranger des actes méritoires, ou en bloquant le développement de l'esprit d'éveil, on freine le bodhisattva qui accomplit les souhaits d'êtres innombrables. En conséquence, à l'avenir, on aura à subir un nombre infini de vies dans des conditions défavorables. Si détruire la paix et le bonheur d'un seul être peut entraîner une telle chute, qu'adviendra-t-il en anéantissant la paix et le bonheur d'êtres sensibles dont le nombre égale l'étendue de l'espace ? En cultivant de temps en temps l'esprit d'éveil alors que par ailleurs on commet de sérieuses infractions, ou en laissant son esprit caracoler un jour, et le lendemain le fortifier et l'exercer en vue de l'éveil, il faudra longtemps pour accéder de la sorte aux degrés supérieurs du développement spirituel. Ne mélangez pas tout dans votre quotidien. Avec confiance et courage, engagez-vous fermement dans l'entraînement des bodhisattvas.

Réfléchissez que, sans persévérance dans l'exercice et la pratique du bodhisattva, on dégringole d'une renaissance défavorable à l'autre. Si les émotions perturbatrices et les attitudes négatives vous font chuter dans une existence adverse, les bouddhas n'y peuvent rien. D'innombrables bouddhas de compassion sont advenus, qui ont œuvré au profit des êtres sensibles. Mais nos errements ne nous ont pas permis de nous en remettre à leurs soins. Dans l'insouciance, l'esprit en proie aux émotions aliénantes, on retombe sans cesse dans ces sphères défavorables où les bouddhas eux-mêmes ne peuvent rien pour nous. Et même affranchi de ces existences néfastes, on restera sujet à la maladie, aux blessures et à d'autres contraintes. Il importe donc de s'engager personnellement pour rassembler ce qui est bon et éliminer ce qui ne l'est pas.

Aujourd'hui, nous avons une chance insigne. Nous sommes humains, les enseignements du Bouddha existent, nous avons la foi et l'occasion de développer de bonnes qualités. Rares sont de telles circonstances. Mais nous ne serons pas toujours ainsi en bonne santé. On a beau avoir des biens matériels en abondance et être à l'abri, la nature de la vie est illusoire. Notre corps physique est pareil à un objet emprunté.

En cet instant précis, tout en réfléchissant aux émotions perturbatrices, on s'égare dans des activités négatives. Pour cela, nous serons à coup sûr incapables de retrouver à l'avenir une vie humaine. Et faute de vie humaine, dans l'une de ces existences désavantagées, on continuera d'accumuler uniquement des actes négatifs, dans l'impossibilité d'accomplir quoi que ce soit de vertueux. À l'occasion peut-être sera-t-on à même de faire quelque chose de bien, mais au prix d'un sérieux effort. Sinon, on tombera dans d'autres royaumes néfastes. Tout en connaissant de grandes souffrances, nous aurons l'esprit confus et terriblement ignorant. Incapables de la moindre vertu, ayant accumulé de la négativité en abondance, de chute en chute, durant des temps sans fin, peut-être n'entendrons-nous même pas le mot « bonheur », et encore moins aurons-nous accès à une bonne renaissance.

À ce propos, le Bouddha Śākyamuni, tout compatissant, a raconté cette célèbre parabole. Imaginez un vaste océan à la surface duquel flotte un joug troué en son milieu. Dans les profondeurs de l'océan vit une tortue aveugle qui monte à la surface une fois tous les siècles. Les chances de regagner à l'avenir une vie humaine sont égales à celles de la tortue de passer la tête dans le trou du joug flottant sur l'océan. Obtenir une vie humaine est aussi rare et difficile que cela. Nous avons entassé des actes négatifs sans nombre. Il suffit pourtant d'un seul pour se retrouver dans un abîme d'incessantes misères. Le cas échéant, on est absolument incapable de renaître à une existence plus heureuse.

Une fois éprouvés les résultats d'actions négatives, cela ne veut pas dire que l'on s'en trouve libéré. En les expérimentant, on est aux prises avec une existence également négative, si bien qu'en raison des facteurs perturbants, on continue d'amonceler des méfaits, qui à leur tour engendrent la souffrance. Renforcées par les circonstances, fortes sont les dispositions mentales qui activent les attitudes négatives et les émotions aliénantes. Une fois tombé dans un domaine d'existence défavorable, il est très difficile de s'en affranchir. Ainsi, au cours de cette vie d'être humain libre et bien loti qui nous est échue, si l'on ne se familiarise pas avec les meilleures qualités et si l'on ne fréquente pas la voie spirituelle, on se leurre soi-même.

Nous aspirons au bonheur et non au malheur. Or, voici que nous avons les moyens de cultiver les causes du premier et d'écarter celles du second. Y aurait-il quelque chose de plus fou que de ne pas les employer ? L'accumulation d'actions négatives fait qu'au moment de la mort, on a d'effrayantes visions infernales : on meurt dans l'angoisse et la peur. Après un bref séjour dans l'état intermédiaire (*bardo*), on renaît à une existence défavorable, peut-être même en enfer. Tourmenté et endolori, on est plein de remords, l'esprit submergé de détresse. Par hasard ou coïncidence, nous jouissons aujourd'hui d'une situation rare et avantagée. Il faut en prendre conscience et distinguer entre ce qui est bon dans l'immédiat et ce qui l'est à long terme. Et si malgré tout, entraîné sur une mauvaise pente, on n'entreprend pas de pratique spirituelle, c'est comme si notre esprit se laissait piéger par un mauvais sort.

Les émotions perturbatrices occupent impunément nos esprits, nous nuisant et nous détruisant. Considérez leur pouvoir déprédateur. Lorsque la colère monte en nous, c'est comme si elle susurrait : « T'en fais pas, je suis là, je vais t'aider. » Vous étiez peut-être sur le point de vous détourner de votre adversaire, mais dès qu'elle est là, la colère vous donne une espèce de faux courage. Elle vous fait vous sentir plus fort et, bêtement, vous répondez. Voyez l'attachement : il vient à nous comme un ami à la voix douce. Il nous leurre, et graduellement nous ravage. Un fort attachement ou une grande colère nous privent de tout discernement. Quand on est en colère, c'est comme si l'on était fou. On peut se jeter sur l'adversaire et, accidentellement, heurter quelqu'un d'autre. On peut dire des choses qu'il vaut mieux taire. Puis vient le reflux, on réalise ses erreurs et on a des remords, ce qui n'empêche que l'acte a été commis.

D'ordinaire, on pense que l'ennemi se trouve à l'extérieur : les esprits mauvais ou des forces hostiles sont quelque part ailleurs. On désigne des ennemis hors de soi, et l'on recherche des puissances externes pour nous en protéger. Pourtant, selon les enseignements du Bouddha, ceux de l'extérieur ne sont pas nos vrais ennemis. Certes, des forces externes peuvent être temporairement hostiles, mais elles peuvent aussi graduellement devenir amies. De surcroît, même ces supposés ennemis sont comme nous dans leurs désirs de bonheur et leur rejet de la souffrance. En fait, ils sont des sujets tout trouvés de notre compassion.

Nos vrais ennemis, ce sont les émotions perturbatrices. Toutes le sont d'emblée, dès le départ, et le restent à jamais. Accéder à la libération ou au nirvana, c'est l'emporter sur l'adversaire, sur les émotions aliénantes. Accéder au nirvana ne veut pas dire changer son corps physique ou déménager sur une autre planète. Parmi les Tibétains, les gens simples disent souvent en parlant de la famille : « Maintenant, j'erre dans le cycle de l'existence. » À les en croire, si vous n'avez pas de problèmes familiaux, vous êtes apparemment libéré. Tel n'est cependant pas le sens véritable de la libération. Le corps physique lui-même est une espèce de cycle d'existence, car il sert d'assise à l'accumulation d'activités négatives.

L'attachement, la convoitise et la haine, même s'ils n'ont pas d'armes, nous rendent esclaves et impuissants. Leur influence et leurs effets sont terriblement destructeurs.

Si l'on ne peut se battre, on peut fuir l'ennemi extérieur. Par exemple, en 1959, quand nous étions encerclés par les troupes chinoises, nous avons réussi à fuir à travers la montagne. Autrefois, les gens se cachaient dans des forts imprenables. Aujourd'hui, bien sûr, dans un fort, on devient une cible. Jadis, les rois vivaient dans des forteresses et avaient l'impression qu'ils pouvaient y vivre à jamais. C'est pourquoi on en voit encore tellement en Inde. De même, la grande muraille de Chine, bâtie à un coût si élevé en labeur humain, a été érigée pour une raison identique. Mais si, en dépit de toutes ces constructions, l'ennemi est toujours tapi en soi, il n'y a rien à faire. On ne peut compter sur aucune force extérieure pour anéantir et éliminer les émotions perturbatrices.

Quand bien même tous les dieux de l'univers s'uniraient contre nous, et tous les êtres vivants nous deviendraient hostiles, ils n'auraient pas le pouvoir de nous envoyer en enfer. Pour les émotions aliénantes, c'est l'histoire d'un instant. C'est pourquoi depuis la nuit des temps, elles sont l'ennemi qui nous nuit et nous ruine. Jamais adversaire n'a été aussi tenace. Les ennemis ordinaires meurent et disparaissent. Si l'on compose avec eux, peu à peu, il (ou elle) deviendra un ami. Les émotions perturbatrices, plus on se repose sur elles, plus elles nuisent et engendrent de tourments. Elles sont nos ennemis constants, de longue durée, l'unique cause de toutes nos peines. Aussi longtemps qu'on les laisse tranquilles en soi, on ne saurait connaître le bonheur.

Ayant identifié les émotions perturbatrices pour ce qu'elles sont, l'ennemi réel, il convient d'utiliser des antidotes et de générer le courage mental pour les affronter et leur résister. Il faut comprendre qu'elles sont la source de tous les maux. D'ordinaire, quand on bute sur un problème mineur, on se met en colère et on tente de le résoudre. Si l'on est incapable de surmonter l'obstacle, on n'en dort pas la nuit. Les guerriers endurent la douleur des blessures et ne rentrent pas avant d'avoir gagné, exhibant fièrement leurs cicatrices. Alors, pourquoi ne pas être fier d'affronter des difficultés quand il s'agit de quelque chose d'aussi important que de lutter contre les émotions perturbatrices ? Pour gagner relativement peu, pêcheurs, bouchers et fermiers font face à nombre de difficultés. Pourquoi donc ne pas en faire autant en vue de cette tâche importante qui est d'accéder à la bouddhéité au profit de tous les êtres ?

Lorsque vous engagez la bataille avec un ennemi ordinaire, vous pouvez remporter la victoire et le bouter hors du pays. Il peut se regrouper, se renforcer et se rééquiper, puis repartir au combat. Cependant, quand on se bat contre les émotions aliénantes, une fois vaincues et éliminées, elles ne reviennent plus. De ce point de vue, elles sont faibles ; on n'a besoin ni de bombes atomiques ni de missiles pour les détruire. Elles sont faibles parce que, à partir du moment où l'on est capable de voir la réalité et d'ouvrir l'œil de la sagesse, on peut s'en débarrasser. Une fois anéanties dans l'esprit, où iraient-elles ? Elles disparaissent dans le vide. Elles ne peuvent battre en retraite ni se consolider, si bien qu'elles ne sauraient revenir nous nuire.

Aucune émotion aliénante n'a d'existence indépendante. Quand l'attachement et la colère surgissent dans l'esprit, ils sont puissants et nous perturbent. Pourtant, à y regarder de plus près, ils n'ont pas de lieu particulier où se dissimuler. Ils ne trouvent abri ni dans le corps ni dans les facultés sensorielles. À rechercher les facteurs perturbateurs parmi les composantes mentales et physiques, ou en dehors, on ne les localise nulle part. Ils sont comme une illusion. Pourquoi les laisser nous plonger dans les enfers ?

En demeurant toujours attentif et alerte, on sait ce qu'il faut faire et ce qu'il convient d'abandonner. Le meilleur moyen de soutenir l'attention est d'observer son attitude physique, verbale et mentale, et de demeurer aux aguets en permanence. L'esprit est semblable à un éléphant : si on le laisse vagabonder, il sème le trouble. Mais les tourments et les nuisances dus à un esprit indocile dépassent de loin les dommages provoquées par un éléphant enragé.

Comment discipliner l'esprit, telle est la question. On a besoin de la vigilance, qui est comme une corde de sécurité en toute activité physique, verbale ou mentale. Avec elle, on attache l'esprit semblable à l'éléphant au pilier de l'objet de la méditation. Autrement dit, arrimez l'esprit aux belles qualités et ne le laissez pas vagabonder vers des futilités. Faites attention à la direction qu'il prend. S'il file du bon côté, réjouissez-vous et encouragez-le. Si vous êtes à même de garder votre esprit sur le bon chemin, vous serez capable de surmonter toutes les peurs.

Négatives ou positives, toutes les expériences viennent de l'esprit, selon qu'il est transformé ou non. C'est pourquoi il importe tellement de le maîtriser et de le discipliner. Toutes les craintes et les incommensurables souffrances que nous rencontrons en découlent. Le Bouddha a enseigné que nul ennemi n'était plus puissant que l'esprit. Il a également dit d'un esprit discipliné engendrant d'excellentes qualités qu'il est source et cause de paix et de bonheur. Ce dernier naît de pratiques vertueuses, la souffrance des négatives. Par conséquent, bonheur et douleur dépendent d'un esprit transformé ou non. Même à court terme, mieux on le contrôle et on le forme, plus on est heureux et détendu.

Une fois maîtrisé l'esprit intérieur, quand bien même l'univers tout entier semblerait se liguer contre vous, vous ne vous sentirez ni agressé ni malheureux. En outre, si l'on est intérieurement bouleversé et agité, même les mets les plus savoureux posés à table devant soi n'ont aucun attrait. On a beau entendre de belles choses, elles n'apportent aucune joie. Selon que l'esprit est discipliné ou non, on connaît le bonheur ou le tourment.

Quand l'esprit est transformé de façon à ne plus être possessif ou envieux, on acquiert la perfection du don. Cela signifie que l'on offre tout ce que l'on possède, ainsi que les résultats positifs de cette offrande, à toutes les créatures. Il en va de même de la perfection de l'éthique. L'atteindre signifie accéder à un état d'esprit s'abstenant de toute nuisance à l'égard de quiconque. On est alors complètement affranchi de tout égoïsme. Il en va de même pour la pratique de la patience. Les êtres sensibles indisciplinés sont infinis comme l'espace. Néanmoins, quand on maîtrise son propre esprit, c'est comme si l'on avait détruit tous les ennemis extérieurs. Avec un esprit calme, l'environnement tout entier a beau être hostile, on est inattaquable. Pour se prémunir des épines, on ne peut recouvrir la terre entière de cuir. Il est plus efficace de se protéger les pieds avec des semelles.

Les émotions perturbatrices sont comme des voleurs et des aigrefins. Elles sont toujours en alerte, à l'affût de la moindre occasion. Dès que celle-ci se présente, elles s'en saisissent et vous détroussent, ôtant le sel de votre existence heureuse. Donc, ne relâchez jamais votre vigilance. Si vous lâchez parfois la bride, reprenez-vous en songeant aux tourments sans fin de la roue de l'existence.

Quelles méthodes pour demeurer vigilant et alerte ? S'associer à des maîtres spirituels et écouter des enseignements, savoir quoi pratiquer et de quoi se défaire. Plus vous respecterez les instructions, plus vous serez vigilant. Vous découvrirez ce à quoi il faut renoncer et ce qu'il convient de faire en vous liant à des amis de qualité et en suivant leur exemple.

L'autre méthode consiste à se souvenir que bouddhas et bodhisattvas possèdent l'omniscience et qu'ils nous prêtent attention uniquement quand on récite des prières ou des invocations, ou quand on les appelle par leur nom. L'esprit omniscient du Bouddha est omniprésent, jusque dans les particules les plus subtiles. Autrement dit, il est conscient de tous les phénomènes, quel que soit le temps et le lieu : on ne peut rien lui cacher. Comprendre que l'on se trouve toujours en sa présence est une manière de se souvenir de lui et de ses qualités, et d'avoir honte de faire quelque chose de négatif. C'est capital pour notre pratique quotidienne.

En étant vigilant, lorsque pointe un défi, on est à même d'y faire face. Par exemple, quand vous sentez la colère monter en parlant à quelqu'un, la vigilance vous poussera soit à mettre un terme à la conversation, soit à changer de sujet. Dites-vous que même si l'autre est déraisonnable et emploie des mots provocateurs, il ne sert à rien de répondre sur le même ton. Au lieu de s'accrocher à cette situation, tournez votre esprit vers les bons côtés de votre interlocuteur : la colère s'amenuisera d'autant.

L'esprit pareil à l'éléphant est malade des émotions perturbatrices, si bien qu'il vous faut l'arrimer au solide pilier de la pratique spirituelle. Évertuez-vous à observer votre esprit et essayez de ne pas le laisser vagabonder un seul instant. Examinez ce qu'il s'apprête à faire ou est en train de faire. Sur le point de méditer, par exemple, il faut d'abord cultiver l'intention d'être attentif et de ne pas se laisser distraire. Ainsi, vous réussirez à méditer une quinzaine de minutes sans vous disperser. Une fois que vous serez habitué, vous pourrez prolonger la session.

Bien entendu, il n'est pas facile de contrôler l'esprit et de le fixer sur l'objet de la méditation. Mais en l'y accoutumant peu à peu, on y arrive. On peut utiliser différentes techniques. Par exemple, s'asseoir devant un mur peut aider à maîtriser les distractions durant certaines méditations. Parfois, il est bon de fermer les yeux, alors que d'autres fois, il peut être plus utile de les garder ouverts. Cela dépend de penchants personnels ou des circonstances.

C'est ainsi que l'on est toujours en alerte et en garde contre les émotions perturbatrices, contre le laisser-aller à des futilités. Si vous voulez vous rendre quelque part ou dire quelque chose, déterminez d'abord si c'est approprié ou non. Lorsque l'attachement est sur le point de surgir, ou quand vous sentez monter la colère, restez de glace. Si vous êtes pris d'un fou rire intempestif, si vous voulez vous vanter, disserter sur les fautes de quiconque, leurrer quelqu'un, dire quelque chose d'inadéquat ou lancer des sarcasmes, vous mettre en valeur et critiquer ou brocarder autrui, demeurez de marbre. Si vous sentez que vous convoitez des biens, le respect, la gloire et la renommée, restez impassible. Si vous inclinez à négliger les buts d'autrui tout en aspirant à réaliser les vôtres, et, plus encore, si vous êtes tenté d'en parler, soyez imperturbable. Si vous êtes porté sur l'impatience, la paresse ou la déprime, si vous voulez faire des remarques désobligeantes ou exprimer votre autosatisfaction, gardez bouche cousue.

Immatures sont ceux de peu d'élévation mentale ou spirituelle. D'esprit étroit, ils sont comme des enfants querelleurs, incapables de vivre ensemble. Que leurs récriminations ne vous découragent pas. Au contraire, soyez compatissant à leur égard, et songez que leurs expressions déplacées sont dues à la prépondérance d'émotions aliénantes dans leur esprit. Elles sont responsables de leur attitude futile. Ne suivez pas leur exemple. Grâce à la méditation de sagesse, vous devez être à même de vous voir dépourvu d'ego à l'existence intrinsèque. Considérez-vous comme une émanation des bodhisattvas. Gardez cela constamment à l'esprit et soyez absolument déterminé à accomplir le dessein d'une inestimable vie humaine.

Il importe également de contrecarrer l'attachement au corps physique. À la mort, notre corps peut être dévoré par des vautours, sans que cela nous fasse ni chaud ni froid. Alors, à quoi bon lui être maintenant tellement attaché ? Si l'on emprunte quelque chose à quelqu'un de très puissant, on sait qu'un jour ou l'autre, il faudra le lui rendre. Notre corps actuel est comme un objet emprunté. Quoi que nous fassions pour le garder, tôt ou tard, il nous faudra le laisser derrière nous. Pourquoi dès lors y être tellement attaché et lui consacrer autant d'efforts ? Un jour ou l'autre viendra le moment de s'en séparer, et entretemps, il provoque tant d'attitudes inutiles qu'il est source de bien des soucis.

Que voulons-nous dire en déclarant que le corps est déplaisant ? Considérons d'abord la peau. En surface, elle paraît agréable et rose. Pensez à ce qui se trouve dessous : des paquets de chair reliés par des tendons, des nerfs, des canaux nerveux, etc. Telle est la réalité, et l'on n'en pense pas moins : « C'est mon corps, et il est beau ! » Examinez tout cela mentalement, en détail. Regardez et voyez ce qui est caché au-delà de la peau. Où est l'essence ? Pourquoi tant le chérir ? Nous avons le sentiment de devoir en prendre un tel soin ! On a besoin de vêtements, certes, car il y a de bonnes raisons de se protéger de la chaleur et du froid, mais pourquoi dépenser autant et utiliser des étoffes si chères juste pour se couvrir le corps ? Et que dire alors des gens aisés qui ressentent le besoin d'ornements, se percent les oreilles pour y fixer des boucles, et de ceux qui en font autant pour le nez et y mettent un anneau ?

Tout cela vient de la confusion mentale, de l'ignorance. Réfléchissez-y par vous-même, mais jamais vous ne pourrez trouver la moindre essence dans le corps. C'est l'intelligence humaine qui mène le bal et crée tant de catégories différentes. Les émotions se renforcent en disant qu'Untel est riche et que l'autre est beau. On peut comprendre jusqu'à un certain point pareil comportement chez des laïcs, mais quand des personnes ordonnées se vêtent d'habits richement parés, c'est malheureux. Pensez au mode de vie du Bouddha. C'était un moine très simple, qui ne portait aucun ornement.

Ainsi, en examinant votre corps, vous n'y découvrirez aucune essence ; ce n'est qu'un assemblage de substances fort déplaisantes, une machine à produire des déchets. Dès lors, pourquoi s'y attacher si fortement ? Pourquoi le garder si soigneusement ? Quelle est son utilité ? Le protégeons-nous afin de l'offrir à l'instant de la mort aux vautours ? Les substances premières dont il est fait sont l'ovule et le sperme des parents. Mais si vous deviez passer à côté d'un tas de ces matières sur le sol, vous en seriez dégoûté. Votre corps résulte de l'essence d'innombrables générations de ces substances. Par analogie, à examiner de près la nature du corps physique lui-même, la chair, le sang et les os sont tous répugnants.

Chaque jour jusqu'à la mort, on mange et on boit pour entretenir le corps. J'ai passé soixante ans. Durant cette soixantaine d'années de ma vie, quel poids de nourriture ai-je ingurgité, quelle quantité de viande ai-je consommé ? Combien de vies ma propre existence a-t-elle coûté ? C'est cela, notre effort de maintenir notre corps. Il aurait peut-être mieux valu naître animal, insecte par exemple, on aurait fait moins de mal à d'autres êtres vivants.

Si l'on est incapable d'utiliser notre intelligence humaine de façon positive, la vie n'a guère de sens. Les humains devraient être à même d'utiliser leur intelligence et leur discernement afin de contribuer au bien-être de tous. C'est ainsi que l'on donne un sens à sa vie, qu'on assure la paix à court et à long terme. Il n'y a rien d'insolite à avoir fait de hautes études, comme il n'y a rien de surprenant à être riche. Sans compassion ni compréhension pour autrui, quelles que soient l'éducation ou les facilités matérielles dont on dispose, elles sont sans signification ni utilité. Il faudrait donc employer notre corps à préserver notre intelligence afin de pouvoir nous engager dans des pratiques positives.

Essayez de vous maîtriser et réalisez qu'aider autrui est le but de la vie. Si vous êtes à même de le comprendre, vous serez toujours capable de prendre le contrôle de votre esprit et de votre corps, et de les utiliser pour le bien des autres. Les humains sont doués d'intelligence pour cultiver l'esprit d'éveil, pour troquer leur bien-être contre les souffrances d'autrui, ce qui signifie qu'ils peuvent accéder à la bouddhéité. C'est ainsi qu'on s'affranchit, que l'on devient indépendant. Avec assurance et courage, confiant de parvenir au but ultime, allez à la rencontre des autres avec le sourire et arrêtez de les regarder de travers. Accueillez chacun avec compassion, franchise et affection. Traitez tous les êtres sensibles comme vos amis.

Ne vous comportez pas de manière à déranger ou à nuire à quiconque. Soyez calme et modeste. Soyez comme un chat qui vaque à ses affaires en toute quiétude vigilante et discrétion, sans grand tapage. Quand quelqu'un vous dit quelque chose d'aimable ou vous donne un avis non sollicité, acceptez-le de bonne grâce. Reconnaissez les qualités d'autrui et voyez-vous comme un élève auprès de tous les êtres sensibles. Chaque fois que quelqu'un dit quelque chose de positif, approuvez-le. Si quelqu'un fait quelque chose de bien, félicitez-le. Vous pouvez le faire devant lui, mais comme cela ressemblerait à de la flatterie, mieux vaut faire part de votre appréciation à des tiers. Lorsque l'on vante les mérites d'un autre, n'hésitez pas à vous y joindre. Dans un tel contexte, on est souvent tenté par le scepticisme, on dit : « Oui, mais... », ou encore on nie carrément les qualités de ladite personne en mentionnant ses erreurs. Si quelqu'un fait l'éloge de vos propres qualités, vérifiez si vous les possédez ou non. N'allez pas vous rengorger, appréciez simplement que vos qualités soient reconnues.

Quand j'étais enfant, feu mon maître m'enseigna l'art de l'écriture. Il me raconta l'histoire d'un lama en train de dispenser un enseignement. Il aurait déclaré que la calvitie, le goitre et la barbe étaient les seuls ornements d'une personne ordonnée. Parmi ses auditeurs se trouvait un moine qui possédait ces trois caractéristiques. Ravi d'entendre ces propos, il commença à étirer fièrement ses jambes. Et le lama de poursuivre en disant que pour un moine, avoir ces trois traits était de mauvais augure. Aussitôt, l'intéressé s'empressa de replier ses jambes. Si quelqu'un relève vos qualités, il ne convient pas de s'en targuer. Songez simplement que cette personne est bienveillante, puisqu'elle reconnaît les bonnes qualités.

Quel que soit le projet que vous lancez, il doit contribuer au bonheur des autres. Le plaisir et le bonheur ne peuvent s'acheter, on ne peut que les cultiver dans l'esprit. Si quelqu'un est heureux, réjouissez-vous simplement de ce bonheur, soyez heureux que d'autres le soient. Sans concurrence ni jalousie, essayez d'être bénéfique à autrui. Ce faisant, la satisfaction viendra naturellement. Vous serez content d'avoir donné un sens à votre vie. Vous pouvez être confiant dans le fait de ne jamais nourrir d'inimitié à l'égard d'autrui, ni de jamais perturber quiconque.

Qui sème constamment la zizanie et se confronte sans cesse aux autres est toujours lui-même agité. Si on aide autrui et qu'on crée un climat de paix et de bien-être, on en jouit soi-même jusque dans ses rêves. Le bonheur de voir les autres heureux est pur, non contaminé. C'est du profit réel, dans l'immédiat et pour l'avenir. Toutefois, si vous êtes chagrin et jaloux quand les autres sont heureux, vous risquez d'avoir les yeux qui piquent, mal au dos et une tension élevée. Vous vous sentirez tourmenté et mal dans votre peau, et votre vie future sera marquée par la souffrance.

Comment regarder les autres ? À chaque fois, devant eux, pensez que vous en dépendez pour accéder à la bouddhéité. Souvenez-vous de leurs bontés et voyez-les avec amour. Si vous aidez et soutenez des personnes de qualité, qui ont été bonnes à votre endroit ou qui souffrent, votre mérite accumulé sera grand. Par exemple, respectez les plus âgés, tâchez de vous instruire de leur expérience. Des relations harmonieuses entre parents et enfants sont particulièrement importantes. Il est du devoir des parents de prendre soin de leurs enfants, et s'ils le font, ces derniers répondront avec gratitude. Aujourd'hui, dans nombre de pays, parents et enfants ne sont pas très proches. Les parents ont peu d'affection pour leurs enfants, et ces derniers leur témoignent peu de respect. À mesure qu'ils grandissent, ils espèrent voir leurs vieux parents mourir rapidement. Les parents préfèrent eux aussi vivre loin de leurs enfants.

Il importe d'aider les défavorisés et les démunis. Quand on voit quelqu'un de bien habillé à l'air sympathique, on a tendance à l'aider sur-le-champ, mais devant quelqu'un en haillons, à l'air maladif, on est tenté de se détourner. Ce n'est pas bon signe. Le premier peut être fourbe, le second ne menace en rien. En apercevant un mendiant, j'essaie toujours de ne pas voir en lui (ou elle) un inférieur ou quelqu'un de plus faible que moi. Jamais je ne songe que je suis meilleur que lui. Et quand je rencontre des gens qui se prétendent intelligents et habiles, je ne leur donne pas aussitôt ma confiance.

Avec quelqu'un de franc et d'agréable, on peut l'être aussi. Quand on accueille les autres de bon cœur et qu'on est accueilli de même, l'amitié peut venir rapidement. Mais si vous êtes honnête et ouvert, et que l'autre réagit à l'inverse, il faut adopter une autre attitude. Quoi que vous fassiez, il importe de ne pas leurrer ni tromper ceux qui sont déjà mal en point. Demeurez attentif et habile à discerner ce qu'il convient de faire et ce qu'il faut abandonner. Ayez confiance et engagez-vous simplement dans des activités positives, sans dépendre du soutien d'autrui. Ne renoncez pas à une pratique majeure pour une mineure. Quoi que l'on fasse, le plus important, c'est que cela soit bon pour autrui : comme si leurs souhaits s'accomplissaient. Ayant compris ce point cardinal, on doit inlassablement s'efforcer en faveur des autres. C'est ce qu'a enseigné le Bouddha tout compatissant. Il voyait loin et savait ce qui était utile à long terme et à brève échéance. C'est pourquoi ses avis sont flexibles, et c'est pour cela qu'un bodhisattva qui œuvre avec constance pour autrui est parfois autorisé à faire des choses d'ordinaire interdites.

Notre nourriture devrait être partagée avec trois sortes d'êtres : ceux qui ont chuté dans des existences défavorables, comme les esprits affamés ; ceux dépourvus de protection, à l'instar des mendiants et des animaux ; et ceux qui observent les pratiques de moralité, autrement dit les personnes ordonnées : moines et moniales. En divisant la nourriture en quatre parts, on devrait en donner trois et en garder une. À chaque fois que vous mangez ou buvez, faites une offrande au Bouddha, au dharma et au sangha, donnez une partie aux mendiants et consacrez-en un peu aux esprits affamés.

Le corps est l'instrument de la pratique spirituelle, il ne faut donc pas le sacrifier à la légère. Il convient d'éviter les deux extrêmes. Ne menez pas une vie trop luxueuse en portant toutes sortes d'ornements et de vêtements exotiques, ou en mangeant des mets trop riches, car ce faisant, les mérites s'amenuisent. Mais ne tombez pas non plus dans l'autre extrême de l'ascétisme qui mène à l'épuisement total. Des mortifications qui consistent à se promener nu par n'importe quel temps ou à se percer les membres avec des armes relèvent de l'autre extrême. Ne vous imposez pas de difficultés sans but. Si vous rendez votre corps inefficace, cela portera atteinte à votre pratique du dharma. Par ailleurs, si vous observez les trois entraînements à l'éthique, la méditation et la sagesse, en vous reposant sur ce même corps, vous serez rapidement capable d'exaucer les vœux des êtres sensibles.

Il est également très dangereux d'adopter des attitudes sectaires, car les divers degrés des enseignements du Bouddha visent tous à la bouddhéité. Si, au lieu de les utiliser dans ce dessein, on les emploie pour créer des conflits entre les différentes écoles ou traditions religieuses, c'est très fâcheux. C'est pourquoi il importe de se familiariser méticuleusement avec tous les enseignements, sans préjugés sectaires, par l'écoute, la réflexion et la méditation. Il y a deux manières de s'y prendre. Autrefois, il y avait des adeptes érudits qui se concentraient simplement sur la compréhension de leur propre école et n'avaient rien à dire à propos des autres traditions ou écoles.

Il y en avait d'autres qui voulaient étudier toutes les traditions. Dans les conditions du monde moderne, la seconde approche est plus appropriée.

Parmi les pratiquants bouddhistes occidentaux, il y en a beaucoup qui connaissent tout juste leur propre école et ne savent rien au-delà. En conséquence, ils s'interrogent sur l'authenticité des autres courants et enseignements. En réponse, je m'efforce d'expliquer que les quatre écoles du bouddhisme tibétain suivent le même enseignement, celui du Bouddha, sans la moindre contradiction. De mon point de vue personnel, j'ai trouvé très utile et bénéfique d'étudier et de pratiquer des enseignements des quatre écoles. Quand je le dis, certains m'assurent qu'ils aimeraient beaucoup trouver un maître qui puisse les exposer toutes, mais il y en a très peu qui ont les connaissances et l'expérience requises. Il n'empêche, il faut essayer de comprendre tous les différents degrés des quatre écoles et, effectivement, accomplir les désirs d'autrui.

Au Tibet, la population est clairsemée, l'eau et l'air sont purs. Avant que les Chinois n'arrivent, toute l'eau était potable. En raison du climat et de l'environnement, nous ne nous préoccupions pas spécialement de santé et d'hygiène. Aujourd'hui, dans de nombreux pays développés, la pollution est telle qu'il faut prendre des mesures préventives afin de protéger les enfants. Il nous faut nous éduquer nous-mêmes à ce propos. Les qualités de base existent, puisque nous parlons du bien-être de tous les êtres sensibles. Par exemple, si l'on retourne la terre et que l'on coupe l'herbe pour rien, cela nuit aux insectes et autres animaux. Se soucier d'eux est une bonne raison de préserver l'environnement. Ceux qui l'ont compris devraient prendre les devants et aider les autres à en saisir la nécessité.

Des nombreuses pratiques du bodhisattva, exercer

l'esprit est la plus importante. Dans la pratique ou l'entraînement, les bodhisattvas ne négligent rien afin d'aider à créer du mérite. Directement ou indirectement, quoi que vous fassiez, préoccupez-vous uniquement d'accomplir les vœux des êtres et consacrez-leur le bénéfice de toutes vos activités vertueuses. Observer la pratique d'un bodhisattva signifie maîtriser son attitude égoïste. Ainsi, vigilant et en alerte, il faut s'engager dans une pratique authentique. Quelle utilité de simplement bavarder ? Il convient de s'exercer réellement. Comment aider un malade par la seule lecture d'un ouvrage médical ? Il ne suffit pas de discuter des pratiques du bodhisattva, il faut les mettre en œuvre.

PATIENCE

Parmi les facteurs pouvant conforter l'esprit d'éveil et le préserver de la dégradation, la pratique de la patience est la plus efficace. Car lorsque quiconque cherche à nous blesser ou à nous nuire, le danger est grand d'oublier bienveillance et compassion. Seule l'observance de la patience peut nous aider.

Premier pas : songer aux bénéfices de la patience et aux conséquences néfastes de l'animosité et de la haine. Pratiquer la patience est la manière la plus efficace de préserver la paix de l'esprit. Quelles que soient les circonstances adverses ou les forces hostiles, l'homme patient demeure imperturbable et son esprit reste clair. À long terme, cela permet de développer le courage et une solide détermination. D'autre part, colère et hostilité peuvent causer bien des dégâts dans cette vie et dans celles à venir. On a beau être normalement poli et aimable, dès que la colère monte, les meilleures qualités s'évanouissent en quelques secondes. Ainsi, même avec un ami proche, il suffit parfois d'un mot ou d'un geste sous le coup de la colère, et c'en est fait de l'amitié. S'emporter perturbe notre propre paix et celle des autres. La colère crée conflit et malaise. Elle a le pouvoir de freiner notre progrès spirituel, elle pousse à un comportement physique et verbal qui, dans notre état normal, nous embarrasserait. Sous son emprise, on peut même aller jusqu'à l'extrême d'ôter la vie à quelqu'un. Pareilles actions négatives laissent de fortes traces sur l'esprit et peuvent mener à une renaissance sous des formes misérables. Toutes les vertus accumulées au fil de temps incommensurables, en pratiquant la générosité et en présentant des offrandes aux bouddhas, peuvent être détruites par un seul accès de colère. C'est surtout le cas quand on se fâche contre un bodhisattva. Aucun acte négatif n'est comparable à l'animosité en tant qu'obstacle ou entrave sur la voie spirituelle. De même, aucune discipline n'égale la patience. En conséquence, affermissez la patience par tous les moyens possibles.

L'irritation peut avoir de multiples causes, parmi lesquelles le malaise et l'anxiété. On a tendance à répondre de façon irrationnelle aux événements et aux circonstances de la vie. Lorsque quelque chose nous trouble, on est porté à blâmer autrui. Au lieu de réagir instantanément, mieux vaudrait examiner le problème la tête froide. La première chose à considérer, c'est de voir s'il y a une solution. Si le problème peut être résolu, inutile de s'alarmer. Mais s'il ne peut l'être, se faire du souci ne sert à rien. En adoptant une démarche plus rationnelle, on peut éviter que les événements ne brouillent l'esprit. Prenons un exemple. Si quelqu'un nous frappe avec un bâton, la réaction instinctive est la colère et une volonté de revanche. Le dharma nous enseigne à demeurer calme et à chercher la cause réelle. La question est de savoir où la localiser — en la personne, en son esprit faussé, ou dans le bâton qui nous a frappé ? En suivant ce raisonnement, il est clair qu'il faudrait s'en prendre à l'émotion perturbatrice qui a poussé ladite personne à agir violemment. Voilà comment on pourrait plus rationnellement répondre aux événements négatifs de la vie.

Aussi longtemps que le courroux habite l'esprit, jamais nous ne connaîtrons la paix et le bonheur. Chacun le sait, à la moindre bouffée de colère, on a du mal à respirer, on suffoque. Le cas échéant, comment dormir ou savourer un mets ? La paix mentale ou physique s'estompe, sans sommeil l'esprit devient instable. Les textes disent que générer l'exaspération dans cette vie conduit à être laid dans une vie future. Certes, il y a des gens rusés, et je connais des aristocrates tibétains qui, plus ils sont en colère, plus ils présentent un sourire engageant. À cette exception près, la plupart d'entre nous affichent leur animosité sur-le-champ. Ainsi, en Amdo, la région du nord-est du Tibet d'où je viens, dès que quelqu'un est en colère, son visage rougit. Il existe d'ailleurs un adage en tibétain : « Ne vous comportez pas comme les Amdoans. » Le Tibet central est connu comme le pays du dharma. Bien que les habitants ne s'y soient peut-être pas tous montrés capables de discipliner et de transformer leur esprit, certains ont appris à contrôler leur expression, si bien qu'ils peuvent sourire même quand ils sont fâchés.

Dès que la colère point, on enlaidit immédiatement ; le visage se ride et devient écarlate. Même les animaux, y compris les chats, ne sont pas beaux quand ils se fâchent. Lorsqu'on est conscient de l'effet des émotions aliénantes et que l'on voit quelqu'un s'emporter, l'évidence s'impose d'elle-même. Non seulement la colère rend vilain, mais elle rend aussi stupide et gauche. Elle nous dérobe le discernement. Si quelqu'un vous fait du tort et que vous répondez en vous fâchant, est-ce que cela compense le mal qui vous a été fait ? À court terme, la colère est inutile et ses effets dans les vies à venir ne peuvent qu'induire d'autres tourments. La solution, dans la mesure où le mal est fait, c'est simplement de supporter et de méditer la patience. C'est bien mieux, car au moins cela ne porte pas à conséquence pour l'avenir. Si vous vous fâchez, au-delà du dommage qui vous a été fait, cela entraînera d'autres souffrances. La colère est totalement inutile. Mettez-la tout bonnement de côté.

Des textes tantriques recommandent pourtant : « Utilisez la colère sur la voie », mais dans ce contexte, la connotation est différente. On ne saurait utiliser la colère ordinaire sur la voie spirituelle, car elle élimine la compassion et rend l'esprit rogue et sauvage. En bref, la colère n'apporte jamais ni paix ni bonheur. Elle est une ennemie qui ne donne que des résultats négatifs. Nul n'est heureux ni paisible quand il enrage.

Après avoir réfléchi aux avantages de la patience et aux désavantages de l'agressivité, il faut s'efforcer de saisir les causes qui poussent à la colère. On peut alors commencer à s'en défaire en les éliminant. La frustration de ne pas obtenir ce que l'on veut ou d'avoir à subir ce dont on ne veut point alimente la colère et toutes ses ramifications destructrices. L'agitation mentale la nourrit aussi, et c'est ce qu'il faut tâcher de prévenir. Un adversaire ordinaire peut nous faire du mal, mais il dort également, il mange et s'occupe de sa famille ou de ses amis. Aucun ennemi ne peut se consacrer continûment à brouiller et à détruire l'esprit d'autrui. Seule la colère peut toujours brouiller l'esprit. Sa fonction unique est de nuire. Donc, à n'importe quel prix, il faut essayer de prévenir son irruption en cessant de l'alimenter par l'agitation mentale.

À comparer les réfugiés tibétains à d'autres, vous verrez que leur attitude en général est plus courageuse. Ils ne s'excitent pas trop, pas plus qu'ils ne dépriment. Ils ont enduré des tourments terribles. Certains ont intolérablement souffert. Ils ont passé parfois vingt ans en prison, et d'aucuns m'ont dit que c'étaient parmi les plus belles années de leur vie, parce qu'ils ont pu prier, méditer et pratiquer intensément. C'est là une différence d'attitude mentale. Confrontés jour et nuit à de telles souffrances, la plupart des gens n'auraient pas eu la force de les supporter. Mais si l'on peut l'accepter et l'utiliser en vue d'une transformation de l'esprit, il peut en sortir quelque chose de bon.

En tant que pratiquants spirituels, il faudrait volontairement accepter les difficultés dans la quête d'un but plus élevé. Face aux ennuis et désagréments mineurs du quotidien, on devrait être capable d'adopter une attitude plus ouverte sans que cela nous dérange. Lorsque l'on est à même de modifier son attitude par rapport à diverses épreuves, cela change la vie. Réfléchir à la souffrance donne des résultats positifs ; sans cela, on est incapable d'engendrer la détermination de s'affranchir du cycle de l'existence. Il y a des gens qui se mortifient ou se mutilent sous couvert de religion. Si l'on est préparé à endurer pareils maux pour des buts aussi vains, pourquoi ne pas supporter certaines peines en vue d'accéder à la libération, un état durable de paix et de bonheur ? Pourquoi reculer devant les obstacles quand il s'agit de libération ?

Plus l'esprit s'accorde à une tâche, plus il lui est facile de l'accomplir : telle est sa nature. Capable de considérer la souffrance selon une perspective transformée, on sera à même d'en tolérer de plus grandes. Il n'est rien qui ne devienne plus facile avec l'accoutumance. Si l'on s'habitue à faire face aux petites blessures, on développe graduellement une tolérance à une douleur accrue. Se heurter à des ennuis mineurs dus au froid ou à la chaleur, au vent ou à la pluie, à la maladie ou à une blessure et s'en agacer ne fait qu'aggraver le problème. Au lieu de s'effrayer en voyant leur propre sang, certains deviennent plus courageux encore. D'autres, à la simple vue du sang, surtout si c'est le leur, s'évanouissent. La différence vient de l'écart entre les niveaux de stabilité mentale. D'aucuns sont résolus, d'autres sont couards. Si vous apprenez volontairement à faire face à des tribulations mineures, vous deviendrez peu à peu invincible face aux différents degrés de souffrance. C'est la voie des sages qui, confrontés à la douleur, ne laissent jamais leur esprit en être troublé.

Quand vous partirez en guerre contre les émotions perturbatrices, nul doute que vous rencontrerez difficultés et peines. Personne ne part à la guerre dans l'espoir de trouver la paix et le bonheur. Certains seront tués, nombreux sont ceux qui souffriront. Les forces positives sont faibles, alors que l'adversaire est puissant. À l'évidence, il faudra surmonter bien des obstacles dans ce conflit. Acceptez de bon gré des maux mineurs afin de l'emporter sur le réel ennemi de l'intérieur, comme la haine. Celui qui se lance dans une telle bataille et en sort vainqueur est un vrai héros.

Quand on songe à qui que ce soit en tant qu'ennemi, on tend normalement à penser à lui ou à elle comme une personne ayant une existence indépendante. C'est aussi valable à propos du mal qu'il ou elle nous a fait. Mais si l'ennemi tire et vous blesse, en fait, c'est la balle qui a touché votre corps, pas l'ennemi. Tout comme l'arme est actionnée par quelqu'un, de même la personne est contrôlée par ses émotions perturbatrices intérieures. Normalement, on se fâche contre cette dernière. Pourquoi ne pas s'emporter contre la cause fondamentale du mal : l'émotion aliénante ? Pourquoi ne pas en vouloir à la balle qui nous a effectivement touché ? Pourquoi haïr juste la personne qui se trouve entre les deux ? On peut répondre qu'elle a contribué à ce qui est arrivé. Mais si vous n'aviez pas été là, nul n'aurait pu vous tirer dessus. L'adversaire a fourni l'arme, mais vous avez fourni la cible. Si quelqu'un vous bouscule, souvenez-vous que vous avez fait de même par le passé à l'égard d'autrui, et il en résulte que c'est votre tour aujourd'hui. C'est juste le mûrissement de vos propres méfaits passés. Si d'autres vous font du mal, vous-même en êtes responsable.

Si quiconque, ami ou ennemi, vous fait quelque chose que vous jugez inacceptable, souvenez-vous qu'il le fait sous la pression de nombreuses causes et conditions. Donc, pas de raison d'en être malheureux. Si tout arrivait uniquement par la force de notre volonté, sans dépendre d'autre chose, chacun créerait du bonheur, puisque c'est ce que chacun désire. Pourtant, par inadvertance et ignorance, on s'engage dans des activités négatives et on se fait du mal à soi-même. Sous le coup d'émotions fortes, d'aucuns, en dépit d'un solide instinct d'autopréservation, vont jusqu'à se tuer.

Il ne faut donc pas s'étonner de ce que les êtres se fassent du mal les uns aux autres. Au lieu de s'en irriter, il faudrait générer la compassion. Même si vous en êtes incapable, à quoi bon se fâcher ? Si vous dites que les gens sont méchants, cela ne vaut pas de s'emporter pour autant. C'est la nature du feu de brûler. Si vous vous brûlez, il ne sert à rien de vous mettre en colère contre le feu. La meilleure chose à faire, c'est de l'éviter. Dans la mesure où les êtres sensibles sont bons de nature, où leurs bouffées de colère et de haine sont passagères, il ne sert à rien de s'emporter contre eux. Si le ciel s'emplit soudain de fumée, il n'y a pas de raison de lui en vouloir. Pourquoi dès lors blâmer autrui et se fâcher ?

Votre ennemi vous blesse par confusion et ignorance. Si à votre tour vous vous laissez emporter, vous êtes tous les deux en faute. Comment dire que l'un a raison et l'autre tort ? Le mal qui vous affecte aujourd'hui est provoqué par votre inconduite passée. Si vous n'appréciez pas, pourquoi avez-vous commis ces erreurs ? Dans la mesure où tout dépend de vos actions, pourquoi se fâcher après autrui ? Aussi longtemps que vos méfaits ne sont pas purgés, des conséquences négatives sont vouées à se produire.

Se concentrer sur de prétendus ennemis et méditer l'amour, la compassion et la patience permettent de purifier nombre de manquements passés. L'ennemi fournit l'occasion d'accumuler de bonnes qualités par la pratique de la patience, mais en nous nuisant, il chute dans une existence défavorable et y demeure pour longtemps. C'est à cause de nos propres actions négatives dans le passé qu'un ennemi nous fait du tort. Mais ce faisant, il accumule des actes négatifs dont il aura à souffrir. En ce sens, c'est en fait nous qui sommes responsables de l'accumulation des méfaits de l'adversaire et qui l'envoyons vers des renaissances défavorables. Ainsi, on détruit indirectement d'autres êtres sensibles. L'ennemi nous donne l'occasion de pratiquer la patience et d'accéder de la sorte à la bouddhéité, et en échange, on l'expédie en enfer. En fournissant cette opportunité, l'adversaire est en fait bénéfique. Donc, si nous voulons nous fâcher avec une personne, ce devra être avec nous-même. Quant à être bien avec quelqu'un, soyons-le avec notre ennemi.

L'esprit n'est pas physique. Personne ne peut le toucher, nul ne peut directement lui faire de mal, et donc personne ne peut le détruire. Si quelqu'un vous menace, vous dit quelque chose de dur ou de déplaisant, cela ne vous fait pas de mal, donc il n'est nul besoin de se fâcher. Il importe de se détendre et de garder son calme, sans prêter attention à ce que disent les autres. Inutile de se sentir malheureux ou effrayé. Si vous estimez que les insultes vont nuire à votre prospérité, tôt ou tard, il faudra renoncer aux biens matériels. Si vous pensez qu'il convient de se mettre en colère pour acquérir certaines choses, rappelez-vous qu'aussi bonnes soient-elles, vous ne garderez rien plus longtemps que la vie. Mais le fruit de votre mauvaise humeur exprimée pour l'obtenir persistera durant plusieurs vies.

La vie peut être comparée à deux rêves. Dans l'un, vous connaissez le bonheur durant cent ans, puis vous vous réveillez. Dans l'autre, vous faites l'expérience du bonheur un bref instant, puis vous vous réveillez. Ce qu'il convient de retenir, c'est qu'au réveil, vous ne pouvez plus jouir du bonheur de vos rêves. Que votre vie soit longue ou brève, il vous faudra mourir. Que vous ayez ou non des biens, que vous en ayez profité longtemps ou brièvement, au moment de mourir, vous laisserez tout derrière vous, comme si un voleur vous avait dépouillé. Il vous faudra voyager vers l'autre monde les mains vides.

Les communistes au Tibet dénigrent le Bouddha, le dharma et le sangha. Ils ont détruit stupas et temples. Il ne faut pas se mettre en colère pour autant, car personne ne peut en vérité nuire au Bouddha, au dharma ni au sangha. Si d'autres font du tort à vos amis ou à vos proches, c'est en raison de leurs actions passées, ainsi que pour d'autres causes et conditions multiples. Il n'y a pas de place pour la colère. Lorsque des êtres incarnés sont affectés par des phénomènes animés ou inanimés, pourquoi vouloir s'en prendre spécialement, en guise de représailles, à qui est doué d'esprit ?

Quand l'harmonie sociale fait défaut, souvenez-vous que les êtres sensibles ont des dispositions différentes, diverses façons de penser, des manières variées de voir les choses. C'est naturel. Si l'agitation, la confusion et des remous surgissent, soyez capable d'y voir le résultat de votre propre action et évitez ainsi le ressentiment. En lieu et place, cultivez l'amour et la compassion. C'est ainsi que vous serez attentif à accumuler de bonnes actions. Par exemple, quelqu'un perd sa maison au cours d'un incendie et déménage. De par cette expérience, cette personne se méfiera de tout ce qui est inflammable. Pareillement, lorsque le feu de la haine s'embrase à propos d'une chose à laquelle vous êtes attaché, il y a danger de brûler votre mérite. Il faut se débarrasser de l'objet de l'attachement.

Parfois, il convient de sacrifier des plaisirs mineurs à la paix et au bonheur. Mieux vaut payer une amende que d'avoir la main coupée en guise de châtiment. Si l'on est incapable de tolérer même les moindres maux de la vie, pourquoi ne pas s'abstenir de la colère, qui engendre des peines infernales ? Rien que pour satisfaire nos désirs, on risque les tourments de l'enfer durant des milliers d'années. Pareilles misères ne se justifient ni pour nos desseins ni pour ceux d'autrui. D'autre part, en sachant apprécier les avantages de la patience et les inconvénients de l'irritation, supporter des difficultés en vue de surmonter la colère devient tolérable. Admettre cela devient source d'accomplissement. Vous finirez par être capable d'écarter les maux passagers et ultimes des êtres. Donc, il vaut la peine d'accepter de bon gré désagréments et ennuis mineurs afin d'accumuler d'incommensurables mérites et d'accéder à une sérénité et un bonheur durables.

Si quelqu'un est heureux de louer vos qualités, acceptez-le de bon cœur. Mais ne soyez pas jaloux en entendant applaudir autrui, c'est inapproprié. Si tel est votre sentiment, à quoi bon la prière : « Bonheur à tous les êtres sensibles » ? C'est juste un vœu pieux. Si vous souhaitez réellement le bonheur de tous et qu'à cette fin vous avez cultivé l'esprit d'éveil, comment rester en marge alors qu'ils sont heureux de par leur propre effort ? Si vous voulez que tous les êtres atteignent l'état suprême de la bouddhéité, pourquoi déprimer quand ils gagnent en biens et en respect ? Si vous êtes responsable de quelqu'un et que cette personne se révèle capable de s'assumer elle-même, n'en êtes-vous pas content ? On dit : « Que les êtres soient heureux et qu'ils ne connaissent point la douleur. » S'ils trouvent leur propre bonheur et parviennent par eux-mêmes à amoindrir leurs peines, mieux vaut s'en réjouir. Et si vous n'aimez pas voir autrui heureux et serein, à quoi bon parler de le faire accéder à l'éveil ?

Ceux qui sont malheureux en voyant les autres prospérer n'ont pas en eux l'esprit d'éveil. Qu'autrui reçoive ou non un don ne devrait pas vous émouvoir. Le cadeau n'est pas pour vous, et vous ne l'aurez pas, alors à quoi bon se sentir contrarié ? Pourquoi sacrifier vos mérites, votre réputation et vos bonnes qualités en vous fâchant ? Pourquoi abandonner précisément ce qui fait votre richesse et vous vaut le respect ? De par vos propres erreurs, non seulement vous vous détournez de vos efforts personnels de libération, mais vous préférez rivaliser avec ceux qui ont accumulé des mérites et reçu des présents en conséquence. Est-ce raisonnable ?

Pourquoi se sentir heureux quand l'ennemi est misérable ? Votre simple vœu qu'il soit malheureux ne lui fait aucun mal. Et même si sa peine s'accorde à votre souhait, de quoi devriez-vous être content ? Si cela vous satisfait, cette attitude négative ne sera que la cause de votre chute. Une fois pris au piège des émotions perturbatrices, vous allez au-devant de grandes souffrances. L'enfer vous attend. Ni louanges ni renommée ne vous seront comptées, pas plus qu'elles ne prolongeront votre vie. Elles ne vous apporteront ni force ni santé. Si vous êtes capable de décider de ce qui est utile et de ce qui ne l'est pas, vous découvrirez les bienfaits du respect et de l'estime. Il vous faut admettre qu'il n'y a aucun avantage physique, mais que c'est un soulagement mental. Si vous ne cherchez que la satisfaction mentale, pourquoi ne pas vous étendre et vous saouler ? Si vous ne recherchez qu'une détente passagère, vous pouvez tout aussi bien vous droguer.

Des imbéciles feraient n'importe quoi pour la gloire. Pour être appelés « héros », ils se font tuer dans des batailles. Quelle utilité de sacrifier sa vie ou son bien-être pour un simple mot ? Ceux qui se soucient d'un nom et d'une gloire qui périclitent sont comme ces enfants qui s'acharnent à édifier un château de sable et pleurent quand il s'effondre. Ainsi, quand quelqu'un vante vos mérites, n'en soyez pas trop content. Un nom n'a pas d'essence, la réputation pas de signification. Être attiré par un nom, par la renommée et la considération distrait des activités bienfaisantes. Voyez par exemple moines et moniales qui étudient des textes. Quand ils entrent au monastère, au début, ils sont humbles. Peu à peu, à mesure qu'ils s'éduquent, ils deviennent des érudits ou obtiennent le titre de *guéshé*. Étudiants et disciples vont vers eux, et du coup, ils changent complètement. Aujourd'hui, je trouve que certains enseignants entourés de dévots occidentaux deviennent très imbus d'eux-mêmes. Il en va de même pour des marchands et des commerçants. Lorsque leurs affaires marchent, ils en font étalage en portant bagues et montres de prix. Au Tibet, ils arboreraient des boucles d'oreilles coûteuses. Bien entendu, à long terme, les boucles ne font qu'allonger les oreilles, et rien de plus.

Quand des personnes censées demeurer haut dans la montagne pour méditer gagnent une petite réputation, elles tendent à quitter leur retraite et à descendre en plaine. Au début, elles commencent par aviser les gens de la nécessité de méditer l'impermanence et la souffrance. Mais petit à petit, elles oublient elles-mêmes ces qualités et se gonflent de traits négatifs comme la jalousie et la rivalité. Dans l'ensemble, les gens faibles et modestes ne déçoivent ni ne tourmentent les autres. C'est seulement chez ceux qui ont quelque chose à étaler qu'adviennent l'envie et la concurrence. C'est pourquoi se vanter et accaparer les honneurs est très dangereux, cela stimule l'épanouissement de qualités négatives. Mieux vaut donc considérer ceux qui nous critiquent toujours comme des protecteurs. Ils nous évitent de chuter dans des états d'existence défavorables.

Alors que nous nous échinons sous le poids des émotions aliénantes et des actions négatives, qu'avons-nous encore besoin du fardeau supplémentaire des hommages et de la renommée ? Plutôt que de se fâcher après ceux qui voudraient nous libérer de ces entraves, mieux vaudrait les apprécier. On est toujours enclin à emprunter le chemin conduisant à la souffrance ; vient alors, comme si c'était une bénédiction du Bouddha, l'ennemi qui ferme la porte de l'enfer en égratignant la réputation à laquelle nous sommes tellement attachés. Nul fruit ne surgit sans cause, et si cause il y a, fruit il y aura. Là, le résultat est la pratique de la patience, et la cause, le mal fait par autrui. Donc, la patience n'est possible qu'en raison de l'existence de l'adversaire. De même, la présence d'un mendiant fournit l'occasion de donner. Comment dès lors affirmer que le mendiant entrave la générosité ?

Il y a beaucoup de mendiants de par le monde, par conséquent il est facile de pratiquer la générosité. En revanche, les ennemis et ceux qui nous font du tort sont généralement peu nombreux, car si l'on ne fait de mal à personne, normalement, nul ne nous en fait. C'est dire que les circonstances propices à la pratique de la patience sont rares. L'ennemi nous en fournit l'occasion sans avoir à faire du tort à quiconque et, ce faisant, il affermit notre pratique de la voie du bodhisattva en contribuant à exercer notre patience. Il convient donc de s'en réjouir.

La patience est d'une importance extrême pour un bodhisattva, et elle ne peut s'épanouir qu'en présence d'un ennemi. Comme sa pratique résulte à la fois de notre propre effort et de cette présence, le mérite qui en découle doit être dédié d'abord au bonheur de notre ennemi. Il est toujours possible de dire que si l'adversaire induit à la pratique de la patience, telle n'était cependant pas son intention. Il (ou elle) ne pensait pas : « Je vais donner une chance à Untel de développer sa patience. » Dans cette perspective, pourquoi alors honorer le nirvana ? Le nirvana, cessation véritable de toute souffrance, n'a nulle intention ou raison d'être bénéfique à quiconque y accède. Pourquoi dès lors le considérer comme précieux ? L'ennemi devient votre adversaire en raison de son intention de nuire. Comment pratiquer la patience si chacun, comme un médecin, essaie toujours de vous aider ? C'est votre ennemi qui vous permet d'exercer la patience.

Recueillir des mérites est lié à deux choses : les êtres sensibles d'une part, et le Bouddha de l'autre. En satisfaisant des créatures sans nombre, on peut accomplir ses desseins et ceux d'autrui. On peut atteindre la perfection des qualités positives. Puisque les êtres sensibles et le Bouddha contribuent également à l'accession à la bouddhéité, pourquoi respecter le second tout en ignorant ou en molestant les premiers ? Des êtres innombrables bénéficient des bienfaits incommensurables des bouddhas, le suprême refuge. Contenter les êtres est un moyen de leur être agréable. Il n'y a pas d'autre manière pour nous de rendre leurs bontés. Pour le bien des plus démunis, les bouddhas ont donné jusqu'à leurs corps et sont allés jusqu'à souffrir l'enfer. Pareillement, les bodhisattvas ont généré l'esprit d'éveil et pratiqué les exercices spirituels pour venir en aide aux créatures. Nous serons à même de les payer en retour en les aidant nous aussi. En conséquence, quel que soit le mal que d'aucuns puissent nous faire, il nous faut toujours réagir positivement, en essayant de ne faire que du bien.

Afin de réaliser des activités agréables aux bouddhas, il convient de nous considérer comme les serviteurs de nos prochains. Même s'ils nous piétinent et nous tuent, on ne rend pas la pareille. Les bouddhas et bodhisattvas possèdent une grande compassion : nul doute alors qu'ils prendront soin des êtres. Depuis la nuit des temps, ils se sont exercés pour le bien-être d'autrui. Puisque nous sommes des disciples du Bouddha, pourquoi ne pas devenir les protecteurs des créatures, pourquoi ne pas les respecter ? Telle est la meilleure pratique afin de complaire aux bouddhas et bodhisattvas, et en même temps pour accomplir nos desseins temporaires et ultimes. De la sorte, tous les êtres sensibles jusqu'aux plus menus insectes deviendront nos amis. Où que nous vivions, l'environnement sera calme et serein. De vie en vie, nous voyagerons d'un séjour de paix à l'autre. Garder un profil bas, s'affranchir de l'orgueil et être bienfaisant à autrui est la meilleure manière d'atteindre aussi nos propres buts.

Normalement, nous prenons refuge en Bouddha, dans le dharma et le sangha. En toute pureté d'âme, nous manifestons du respect devant les images des bouddhas et bodhisattvas. Mais confronté à des êtres sensibles, surtout ceux que l'on considère comme des ennemis, on ressent jalousie et rivalité. C'est contradictoire. Si l'on regarde quelqu'un comme un ami cher et proche, on s'efforce toujours d'éviter quoi que ce soit qui puisse lui déplaire. Vous aimez, par exemple, une nourriture épicée que n'apprécie pas votre ami. Si vous avez réellement des égards à son endroit, vous préparez des mets à son goût quand vous l'invitez à dîner. Au contraire, si vous le conviez à table et mijotez des petits plats bien relevés, piquants et pimentés, il est évident que vous ne le considérez pas vraiment comme un ami. Par analogie, il semble bien que nous ne voyons pas le Bouddha comme un ami proche. Sa seule préoccupation est le bien-être de tous les êtres. Et que faisons-nous ? D'un côté, on lui présente nos respects, et de l'autre, on néglige complètement les autres. C'est pour eux que le Bouddha a accumulé des mérites, pour eux qu'il a généré l'esprit d'éveil, pour eux aussi qu'il est devenu l'Éveillé, alors que nous les ignorons.

L'animosité est une force qui détruit nos qualités. Il faut donc la défier et s'efforcer de l'éliminer. Au lieu de ressentir hostilité et malveillance envers un ennemi, mieux vaut le chérir comme on aime un maître spirituel qui enseigne la patience. D'ordinaire, on estime normal de rendre la pareille à l'adversaire. Même d'un point de vue légal, on a le droit de se défendre. Néanmoins, si l'on essaie de cultiver l'esprit d'éveil du fond du cœur, on s'efforce de forger une ferme attitude mentale positive, désireuse de bénéficier à autrui. En conséquence, si l'on est capable de cultiver un solide sens de compassion et de bienveillance à l'égard d'un ennemi, on sera à même d'en générer autant envers tous les êtres sensibles.

C'est comme enlever une grosse pierre bloquant un cours d'eau. Une fois ôtée la pierre, l'eau coule immédiatement. De la même manière, dès lors que vous êtes capable de cultiver la bienveillance aimante et la compassion à l'égard d'un adversaire, il vous sera aisé de le faire pour tous. Si vous savez voir en l'ennemi la base suprême de l'exercice de la patience et si vous pouvez générer un sentiment encore plus fort de compassion à son égard, cela indique une pratique fructueuse. En étant agréable aux êtres sensibles, vous ne serez pas uniquement capable d'accéder à la bouddhéité ; dans cette vie même, vous acquerrez une bonne réputation et vous trouverez paix et bonheur. Vous aurez davantage d'amis, et pas d'ennemis. Votre vie sera détendue. Tandis que nous vagabondons dans le cycle de l'existence, comme on aura exercé la patience durant de nombreuses vies, on aura un beau physique. Vous mènerez une longue vie dépourvue de maladies et vous atteindrez la sérénité du roi de l'univers.

CRÉER LA CONFIANCE EN SOI

L'effort est une technique importante en vue de consolider l'esprit d'éveil. Quand on veut accomplir quelque chose, ne serait-ce que dans la vie courante, il faut persévérer. De même, la réalisation spirituelle exige un effort. Notre quête du dharma n'avancera pas si la paresse l'emporte. Néanmoins, il importe aussi d'être adroit dans l'effort. En tibétain, on dit qu'il doit être régulier comme le flux d'un cours d'eau. Il implique de l'intérêt pour ce que l'on est en train de faire. Il s'agit de prendre plaisir à pratiquer. La persévérance ne signifie pas faire un gros effort à un certain moment et se laisser complètement aller à d'autres. Travailler avec constance et assiduité est la clef du succès.

Parmi de multiples obstacles, le découragement est la principale pierre d'achoppement sur la voie de la progression spirituelle. Il indique une perte de l'estime de soi et un manque de confiance. Afin de contrer de telles attitudes négatives, il convient de générer confiance et détermination. Tous les êtres sensibles possèdent cette nature, la graine d'éveil ; il nous faut tous puiser l'inspiration dans ce potentiel intérieur et maîtriser le défaitisme, ainsi que l'abattement.

Il est également utile de songer aux bouddhas du

passé. Ils n'ont pas accédé spontanément à la réalisation spirituelle. Au départ, eux aussi étaient comme tous les êtres ordinaires, misérables et tourmentés par les souffrances et les afflictions. Ce n'est qu'au bout d'une longue persévérance dans l'exercice du dharma, au cours de nombreuses vies, qu'ils sont finalement parvenus à l'éveil plénier. Il faut s'inspirer des récits de leurs vies et leur emboîter le pas sur la voie spirituelle adéquate. Il est extrêmement important de ne pas se laisser submerger par la paresse ou le défaitisme. Au contraire, il nous faut cultiver un solide sens de confiance en soi, croire en nos capacités et en notre potentiel.

Quelle est alors la définition de l'effort ? Cela signifie se réjouir en se livrant à des activités positives. Vous pouvez vous employer à diverses actions neutres, voire négatives, mais cet effort-là ne compte pas au sens bouddhiste. La pratique de l'effort implique de créer un profond sentiment de joie en développant de bonnes qualités. La paresse y fait obstacle sous des formes diverses, comme la temporisation, l'attachement à des activités dénuées de sens, ou encore la paresse née du manque de confiance en ses propres possibilités. Ces obstacles doivent être surmontés.

Le but de l'enseignement du Bouddha est de transformer l'esprit. C'est exactement le même type de construction que l'on fait à l'extérieur, bien que ce soit en dedans. Il faut déterminer circonstances et matériaux nécessaires, les réunir, puis se mettre à bâtir. De même, il convient d'identifier les facteurs obstructifs et les éliminer l'un après l'autre. L'obstacle principal au développement de bonnes qualités est la paresse, qui signifie être incapable de mener quelque chose à terme. S'attacher à des activités inutiles et négliger d'accomplir une pratique spirituelle est une forme de fainéantise. Remettre au lendemain ou laisser de côté en est une autre. Penser : « Comment quelqu'un comme moi peut-il réussir dans la pratique spirituelle ? » en est encore une autre.

Afin de surmonter la paresse, il faut en connaître les causes. Sans les éliminer, il n'est pas possible de vaincre l'indolence. Parmi ces causes, il y a le plaisir qu'on prend à gaspiller son temps, à être trop attaché au repos ou au sommeil, et être insensible aux souffrances du cycle de l'existence. Ce sont les trois facteurs principaux donnant naissance à la paresse. Mieux l'on reconnaît les défauts et les peines du cycle de l'existence, plus forte sera la volonté de les vaincre. En revanche, sans les percevoir et en étant heureux ainsi, on ne tentera même pas de s'en affranchir. Le grand érudit et adepte indien Aryadêva l'a bien dit : « Sans être découragé par les maux du cycle de l'existence, comment s'intéresser au nirvana ? Il est aussi difficile de délaisser l'existence mondaine que de quitter la maison. »

Les émotions conflictuelles sont comparées à un filet. Une fois pris au piège, on est incapable de s'affranchir de leurs griffes et l'on tombe entre les mâchoires de la mort. L'une des manières de contrer l'indolence, c'est de réfléchir à l'impermanence et à la nature de la mort. La mort n'a aucune compassion. Graduellement, l'un après l'autre, elle nous prend tous. Généralement, quand on entend parler du décès de quelqu'un, on a tendance à penser que c'était son tour et que le nôtre n'arrivera jamais. Nous sommes comme ces moutons trop confiants dont on mène les congénères à l'abattoir et qui ne comprennent pas qu'eux aussi vont mourir. Sans craindre la mort, on se laisse simplement aller aux plaisirs insouciants et à jouir du sommeil.

En temporisant toujours, en remettant ce que vous avez à faire au lendemain ou à l'an prochain, un jour, vous pouvez soudain être frappé par une maladie fatale. Il vous faudra aller à l'hôpital. Un chirurgien peut vous opérer. Parfois, ces gens en blouse blanche savent être gentils et pleins de compassion ; d'autres fois, ils vous opèrent comme si vous étiez simplement une machine dénuée de tout sentiment.

Quand on est en bonne santé, épargné par la maladie, on peut affirmer ne pas croire en des vies antérieures ou futures. Cependant, quand la mort approche, on se souvient de toutes nos erreurs. L'esprit s'emplit alors de remords, de peines et de malheurs. Une connaissance m'a dit qu'étant gravement malade, en proie à des sévères douleurs, elle a entendu des sons et des voix étranges. Parfois, la souffrance fait défaillir, puis, avant de revenir, certains ont l'impression de traverser un tunnel. Cela arrive lors d'expériences dites aux confins de la mort. Ceux qui ont accumulé des actions négatives graves affrontent nombre d'épreuves effrayantes en conséquence de la dissolution des divers éléments physiques du corps. Quant à ceux qui ont recueilli beaucoup de vertu, face à l'agonie, ils trouvent satisfaction et bonheur.

Tant que nous sommes vivants, on a beau être jetés hors de notre pays par nos ennemis, on attend toujours et encore de nous retrouver un jour avec nos proches. Mais à l'instant de la mort, il faut se séparer définitivement des proches et des amis. Même ce précieux corps qui nous a accompagné partout nous sera ôté. Et une fois mort, on le voit comme quelque chose de dangereux, de redoutable ou d'horrible. C'est pourquoi certains grands yogis ont dit que l'effrayant cadavre est toujours avec nous, même quand nous sommes vivants. Il faut voir la vie humaine comme un vaisseau qui traverse le vaste océan des souffrances. Pareil esquif sera très difficile à retrouver à l'avenir, si bien que disposant de cette rare occasion, il ne faut pas s'endormir dans notre égarement.

Le sublime enseignement du Bouddha est cause de bonheur et de joie infinis. Y aurait-il quelque chose de plus malencontreux que de renoncer à la voie suprême et de se laisser distraire par des causes débouchant sur la souffrance ? Prenez le contrôle de vous-même, renoncez à temporiser et essayez d'amasser mérite et sagesse en vue de discipliner votre corps et votre esprit à des fins de pratique spirituelle. C'est comme si vous vous prépariez à un combat. D'abord, il convient de renforcer la confiance en soi. Il faut être déterminé à endurer toutes les difficultés et à remporter la victoire sur toutes les forces d'obstruction. Tout comme un chef militaire a besoin d'une force solide et bien armée, bien équipée et brave, il faut accumuler mérite et sagesse. Quand on se bat, il faut utiliser pleinement ses armes et les pointer directement sur l'ennemi. De même, quelle que soit la voie choisie, il faut utiliser l'arme de la sagesse avec perspicacité et attention. En conséquence, on défait l'ennemi, la paresse, et on prend le contrôle de son corps et de son esprit, facilitant ainsi l'engagement dans une pratique spirituelle. Penser que l'on n'a ni la capacité, ni l'intelligence, ni le potentiel est une faute grave. Ne serait-ce que dans la vie de tous les jours, il faut avoir confiance pour accomplir ce que l'on veut faire. Les Occidentaux sont sujets à ce que l'on appelle la sous-estimation de soi. Je ne sais si cela existe dans la société tibétaine ou dans d'autres cultures, mais c'est très débilitant. Que vous soyez concerné par une pratique spirituelle ou par des activités courantes, il faut avoir confiance.

Les maîtres kadampa du passé vivaient à l'intérieur des grottes dans le plus grand dénuement. Ils étaient si déterminés dans leur pratique spirituelle qu'ils y demeuraient, confiants et heureux. Ils employaient tout leur être — corps, parole et esprit — à la pratique du dharma. Ils ne craignaient jamais de venir à manquer de nourriture et d'autres commodités, ou de mourir à cause de leur pratique. Quitte à mendier, ils préféraient mourir que de se laisser aller à perdre leur temps sans pratiquer le dharma. Ils disaient : « Si je suis traité comme un paria, je l'accepte de bon gré. S'il me faut me joindre à la compagnie des chiens, je le ferai. Comme un chien j'errerai ici et là en quête du dharma. » C'est grâce à cette détermination qu'ils accédaient à la bouddhéité.

Si l'on veut réellement pratiquer le dharma, on a besoin de confiance en soi et d'une détermination puissante. Sans elles, on n'arrive à rien. Sans rien attendre ni douter, entrez dans la pratique spirituelle. Lisez la vie de Milarepa. Il a renoncé à tout : ses amis, ses proches, ses biens. Dans l'un de ses fameux chants, il dit : « Si je tombe malade à l'insu de mes proches, et si je meurs inconnu à mes ennemis, moi, le yogi, j'aurai accompli mon souhait. » Même concerné par des responsabilités envers une seule personne ou quelques-unes, il faut être déterminé. Naturellement, si l'on cultive l'esprit d'éveil dont le but est le bonheur de tous les êtres, notre détermination doit être particulièrement forte, mais si on dit ne pas s'en sentir capable, il y a contradiction. Générer le courage mental n'est pas « crâner ». Fierté et confiance en soi sont deux choses différentes. Il faut avoir confiance en soi en cultivant des qualités positives comme l'amour, la compassion et l'esprit d'éveil. La force de compassion et le souci du bien-être de tous les êtres en sont le moteur. Vous n'êtes plus lié par la fausse conception du soi. Vous pouvez combattre de bon cœur les émotions conflictuelles, avec confiance et détermination.

Pour ce qui est de la cause du Tibet, nous devons toujours nous dire que nous réussirons. Il faut avoir confiance. Laissez-moi vous raconter une petite histoire. Vers 1979, durant l'une des périodes les plus détendues, quand les Tibétains pouvaient rendre visite à leurs familles exilées, un homme est venu me voir. Il était né à Lhassa, y avait vécu dans les années cinquante et avait été témoin de la révolte populaire. Il m'a expliqué que les Chinois étaient très habiles et forts dans leur propagande. Ils avaient tant d'armes que nous ne pouvions rien faire. Il était totalement découragé. Je pense qu'il entendait encore crépiter les armes de ces années-là à ses oreilles. Il y avait aussi un vieux moine du Dokham. Il avait vu des opérations militaires dans la région. Des villages entiers avaient été rasés, et la population massacrée. Je lui ai dit qu'il en serait ainsi tant que nous serions si faibles, et eux si nombreux. Ensuite, je lui ai demandé ce qui se passerait si un Tibétain devait se battre avec un Chinois. Il s'est mis à rire et m'a répondu que ce serait facile, qu'on pourrait les faire danser sur la paume de nos mains. Ça, c'était une sorte de courage mental, et non pas de l'orgueil. Il est important d'avoir confiance en soi, de penser qu'on peut vaincre. Quand les problèmes ont éclaté en 1959, nous autres Tibétains étions en position très difficile. Nous n'étions que six millions, c'était plutôt décourageant. Mais depuis 1959, nous n'avons jamais abandonné, parce que nous nous battons pour une cause vraie, pour une cause juste. Nous n'avons jamais laissé faiblir notre détermination d'atteindre notre but. Même si plus de quarante ans sont passés depuis que les communistes chinois arrivèrent au Tibet, au lieu de disparaître, la cause tibétaine prend de l'ampleur. Nous avons davantage de soutien, et il est possible de parvenir à quelque chose avant longtemps.

Comment garder confiance et ne pas se laisser décourager ? Le Bouddha tout compatissant, qui ne dit que la vérité et rien que la vérité, voyait les choses ainsi : même les êtres vivant une existence inférieure, comme les abeilles, les mouches et autres insectes, physiquement faibles, ont la nature de Bouddha. S'ils font un effort, même eux peuvent évoluer au cours de plusieurs vies et finir par accéder à l'état insurpassable de la bouddhéité, si difficile à atteindre. Tous les êtres sensibles dotés d'un esprit humain aussi chétifs soient-ils et aussi rudes soient les souffrances rencontrées, ont le potentiel d'accéder à la bouddhéité. Si bien que nous, nés humains et qui savons à peu près ce qui est bénéfique ou nuisible, tant que nous n'abandonnons pas les pratiques du bodhisattva, pourquoi n'accéderions-nous pas à la bouddhéité ?

Les grands maîtres de sagesse de l'Inde et du Tibet étaient des êtres humains comme nous. Ils ont pu se hisser vers des accomplissements spirituels élevés parce qu'ils possédaient la nature de Bouddha et parce qu'ils étaient nés humains. Nous aussi avons la même nature, si bien qu'il n'est rien que nous-même ne puissions obtenir. Lisez par exemple la biographie de Tsong-Khapa. Voyez combien il a travaillé dur pour parcourir les différentes étapes de la progression spirituelle. Dans certains de ses premiers textes, il écrit qu'il n'a pas entièrement compris le point de vue de la Voie du milieu. Ce qui indique clairement qu'à l'époque, il n'était ni omniscient ni pleinement réalisé. Il s'est néanmoins engagé dans la double pratique de l'accumulation de mérite et du développement de la sagesse. Résultat, les ouvrages rédigés plus tard dans sa vie sont profonds, clairs, décisifs et concluants.

Laissez-moi vous raconter l'histoire de l'une des vies passées du Bouddha. Il vous faut comprendre que les bouddhistes ne croient pas en un créateur : la bouddhéité n'est pas donnée par un être supérieur, on y accède en suivant la voie juste. Śākyamuni, le Bouddha historique, n'a pas atteint l'éveil en une seule vie. Il s'est engagé dans de multiples actions vertueuses au cours de nombreuses vies antérieures. Les histoires de ses naissances précédentes racontent ses pratiques tandis qu'il cheminait sur la voie spirituelle. Dans celle-ci, il était né prince, du nom de Vishvantara, « Libérateur de l'Univers », fils du roi Samgaya.

Ce n'était pas un être ordinaire, mais la réincarnation d'un bodhisattva dont le seul but était d'alléger les souffrances des êtres sensibles. Afin d'endiguer la misère, il s'est d'abord engagé à pratiquer le don. Son père, le roi Samgaya, homme de courage et de sagesse, était très versé dans la philosophie des Vedas. Vishvantara suivit son exemple de maintes façons. La peur lui était inconnue. Il se montrait aimable avec tous et tenait beaucoup à la compassion. Il avait les manières d'un prince, mais demeurait accessible aussi bien aux gens du palais qu'au commun des citoyens.

Dès l'âge tendre, il s'intéressa de près aux affaires spirituelles. Il avait grande foi et dévotion pour les bouddhas et bodhisattvas, et leur faisait régulièrement des offrandes. Il recherchait les maîtres de sagesse et écoutait leurs discours. Dans le droit-fil de la tradition bouddhiste, il écouta d'abord les enseignements et les soumit à l'examen logique, puis, par la contemplation et la méditation, il les appliqua. Les enseignements spirituels ne lui étaient pas sèche philosophie. Il les comprenait en tant qu'instructions pour guider sa vie quotidienne. En vertu des empreintes de son courant de conscience, il fit de rapides progrès. Il cultiva un esprit discipliné et contrôla fermement ses émotions conflictuelles. Ainsi, il était naturellement calme, paisible et enjoué.

Ensuite, il s'immergea dans l'étude des cinq sciences majeures : la grammaire, la médecine, les arts, la logique et la science intérieure ou philosophie bouddhiste, tout en se préparant à la direction du royaume aussi bien sur le plan administratif que diplomatique. Le temps venu, il devint un érudit d'une envergure certaine et commença à instruire d'autres jeunes gens brillants. L'affection de tous lui était acquise. Il s'efforçait de répondre aux besoins de son peuple, se préoccupait de l'éradication de la pauvreté, mais s'intéressait aussi aux affaires des marchands. L'harmonie et la paix régnaient parmi les siens.

Vishvantara possédait de grandes richesses, et en tant que prince, il avait le pouvoir, l'autorité et le prestige. Et pourtant, en raison de ses penchants spirituels et de sa foi en le dharma, jamais il ne se laissait prendre aux soucis mondains ni n'abusait de son pouvoir ou de sa position. Chacun sait que richesse et autorité aux mains d'un ignorant sont tout aussi nuisibles aux autres qu'à lui-même. On peut observer dans la vie de tous les jours combien de gens étroits d'esprit se gâtent eux-mêmes avec trop d'argent. Ils sont arrogants et myopes, indifférents aux soucis d'autrui. Le prince, lui, maîtrisait ses sens. Il avait la dignité d'un prince, tout en étant aimable, sympathique et sincère, au service des intérêts de son peuple.

Quand la motivation est bonne et la cause juste, richesse et pouvoir ont un rôle à jouer. Ils peuvent à coup sûr aider à atteindre un but. Le facteur important, c'est l'attitude. Vishvantara était une personne hautement évoluée, et, percevant les désavantages de la vie dans le cycle de l'existence, il avait développé une authentique détermination de s'en affranchir. En même temps, il avait le sens de la générosité et de la compassion. La compassion d'un bodhisattva est inconditionnelle, et pourtant, il ou elle se sent encore davantage concerné par ceux qui souffrent ou sont dans la misère. Le prince était une personne très intelligente et affable, mais il ne faut pas oublier que nous aussi, nous avons le potentiel et les conditions requises pour nous transformer en êtres humains de qualité. Ne laissons pas échapper l'occasion.

En réalité, le prince était un bodhisattva à l'idéal élevé. Impliqué dans des activités aussi bien spirituelles que temporelles, tout ce qu'il faisait visait à être bénéfique au plus grand nombre, directement ou indirectement. Sa motivation n'était pas entachée de soucis égoïstes. De par sa bonté et sa compassion, Vishvantara avait pour habitude de donner aux pauvres et aux nécessiteux. Il possédait richesse et puissance, et l'autorité d'en disposer à sa guise. Il n'était pas limité par les chaînes de l'avarice. Il était parfaitement conscient de ce qu'il fallait donner, et quand le faire. C'est important : faute de discernement, même si l'on veut bien faire, on peut commettre des erreurs en donnant. C'est aussi pourquoi la bonté a besoin d'être équilibrée par la sagesse.

Le simple fait de donner ne constitue pas une pratique de générosité, et certains critères doivent être respectés. Il ne faut jamais déprécier la personne qui sollicite votre aide. Il convient au contraire de voir en elle un enseignant qui vous offre la possibilité de développer votre générosité. D'autre part, il y a certaines choses, comme l'alcool, le poison et les armes, qu'il est interdit de donner. La pratique du don exige d'être avisé en distribuant de façon appropriée à chacun.

La motivation de Vishvantara était pure et saine ; il donnait à tous sans condition. Il ne faisait aucune distinction entre l'un ou l'autre, et remettait à chacun selon ses besoins, ce qui attirait beaucoup de monde d'au-delà son royaume, si bien que des étrangers venaient y mendier. Le prince établit divers lieux où des aumônes étaient régulièrement réparties de manière organisée, et surveillait personnellement la distribution. Ceux qui venaient solliciter étaient satisfaits, et il n'y avait jamais de plaintes. Vishvantara était toujours content d'être en mesure de donner, et plus sa détermination s'affermissait, plus sa motivation devenait pure.

On peut conforter l'inspiration de s'engager dans des pratiques comme le don en réfléchissant à leurs bienfaits. Quand on donne, on est en mesure de répondre aux besoins des pauvres et des nécessiteux, allégeant de la sorte la souffrance de la pauvreté. Voir leur satisfaction met automatiquement de la joie au cœur. À son tour, la joie crée une atmosphère de paix autour de soi, accroissant son propre bien-être et celui d'autrui. Quelqu'un de généreux est respecté et reconnu dans la société, et sa réputation s'étend loin à la ronde. À long terme, donner a pour conséquence de prospérer dans les vies à venir.

Vishvantara était convaincu des bénéfices de la générosité et il était vivement motivé pour la cultiver. Il sentait que, le cas échéant, il pourrait même faire don de l'un de ses membres, voire de son corps. Ce sentiment émanait d'un sens profond de bonté et de compassion envers tous les êtres misérables. Sa motivation était si forte qu'elle provoqua un tremblement de terre dont l'impact fut ressenti jusqu'au palais d'Indra, le roi des dieux. Et quand Indra s'enquit de la cause du séisme, il découvrit que c'était la puissance de la généreuse motivation de Vishvantara.

Désireux de mettre à l'épreuve la pureté des motifs du prince, Indra alla à sa rencontre déguisé en vieux brahmane aveugle. Il s'approcha de lui et dit : « Je suis un vieil aveugle venu de très loin après avoir affronté maints dangers en chemin. Vous êtes un prince généreux qui a deux yeux. Avec un seul, vous pouvez tout voir. Donnez-moi le second, je vous en supplie. » Cette singulière requête fit réfléchir Vishvantara. Il en pesa soigneusement les avantages et les inconvénients, soucieux de savoir si un tel don serait réellement utile. Mais le vieil homme n'en démordait pas et répétait que nulle difficulté n'était pire que la cécité. Le prince décida qu'il devait aider le vieillard, qui lui offrait ainsi l'occasion de tenir son engagement de pratiquer le don, et lui dit qu'il allait lui donner son œil.

Lorsque les courtisans au palais eurent vent de sa décision, ils s'inquiétèrent et supplièrent le prince de changer d'avis. Ils lui suggérèrent de donner plutôt au vieillard une somme d'argent. Vishvantara se souciait davantage de tenir parole, et les courtisans ne réussirent pas à l'infléchir. Grandement déterminé dans sa bonne motivation, il donna au vieil homme ses deux yeux. À peine cela fût-il fait qu'Indra se manifesta tel qu'en lui-même et applaudit le geste altruiste du prince. Il proclama ensuite que, puisque Vishvantara avait fait ce don de par une motivation véritablement pure et altruiste, ses yeux devaient lui être rendus. Et Vishvantara de découvrir sur-le-champ qu'il voyait plus clairement que jamais. Indra disparut, laissant le prince rempli de joie et de satisfaction. Sa foi dans les enseignements s'en trouva encore plus stable et plus profonde.

Vishvantara continua d'être généreux, et sa réputation de s'étendre loin à la ronde. Dans des circonstances très particulières, il fit don d'un précieux éléphant. C'était l'un des biens les plus inestimables du royaume, symbole de souveraineté et de puissance. La nouvelle se répandit à travers le palais et au-delà. Tant les ministres que les simples citoyens s'offusquèrent de l'action du prince. Ils s'en plaignirent au roi et argumentèrent avec force que le prince était tellement plongé dans sa quête spirituelle qu'il ne saurait lui succéder sur le trône. Dilemme du roi. Il aimait son fils et avait nourri de grands espoirs pour lui. Mais après mûre réflexion, il décida que les intérêts du royaume et du palais avaient la préséance, et qu'il devait bannir le prince.

Par conséquent, les ministres transmirent le verdict

royal au prince. Vishvantara ne le prit pas mal — en fait, il semblait être le moins mécontent de tous. Il répondit qu'il était désireux de se soumettre à la décision de son père, mais qu'il voulait partir seul, laissant sur place sa femme et ses deux enfants. La princesse Madri insista cependant pour l'accompagner. Ainsi, Vishvantara, son épouse et ses enfants quittèrent le palais, n'emportant que ce que leur donna le roi. En partant, le prince dit aux ministres qu'il fallait respecter la communauté des moines et des moniales, et pourvoir à leurs besoins. Il ajouta que le palais devait continuer à prendre soin des pauvres et des handicapés. Il les assura enfin que le royaume et son peuple trouveraient toujours place dans ses prières.

Le prince pensait qu'un lieu retiré dans la forêt conviendrait à sa quête spirituelle. Durant le voyage, ils rencontrèrent des gens qui leur demandèrent l'aumône. Toujours aussi généreux, le prince donna tous leurs biens l'un après l'autre. Quand ils arrivèrent au bout du voyage, Vishvantara avait donné pratiquement tout ce qu'ils avaient, y compris le chariot et les chevaux. Le prince et la princesse parvinrent à la clairière avec chacun un enfant dans les bras. Les enfants étaient encore petits, ce qui rendit la vie plus difficile à la princesse. Vishvantara estimait pour sa part que ce serait pour lui l'occasion de méditer et de gagner en vision spirituelle.

Mais leur existence était dure. Faute de ressources, les enfants avaient constamment faim, et leur mère en souffrait immensément. Comme le prince était absorbé en méditation, c'était elle qui devait chercher la nourriture. Mais même en ces circonstances, la réputation de générosité de Vishvantara continuait de s'accroître. Elle parvint bientôt aux oreilles d'un vieux couple sans enfants. Ils pensèrent qu'en allant demander au prince ses enfants, ils pourraient en faire leurs serviteurs. Ils choisirent un moment où la princesse était partie en quête de nourriture et approchèrent le prince pour présenter leur requête. Vishvantara était mis à rude épreuve. Il chérissait ses enfants, mais était pleinement engagé dans sa pratique de générosité. La situation devenait d'autant plus difficile que les deux vieux insistaient.

Vishvantara ne voulait décevoir personne qui s'adressait à lui, et pourtant, il était très soucieux de l'avenir de ses enfants. Il tenta de trouver un compromis. Il leur dit que s'ils amenaient les enfants au roi, celui-ci les rachèterait contre une rançon qui leur permettrait de bien vivre le restant de leurs jours. Le vieux couple rétorqua que le roi pouvait tout aussi bien les mettre en prison. Admettant cette éventualité, le prince hésita, puis prenant son courage à deux mains, il demanda au vieux couple d'attendre le retour de son épouse, afin qu'elle puisse au moins dire au revoir à ses enfants. Ils répliquèrent que la mère pourrait fort bien faire obstruction à la pratique de générosité du prince. À regret, Vishvantara accéda à leur demande et donna ses deux beaux enfants pour déférer au désir du vieux couple. Quand la princesse revint et découvrit la perte de ses enfants, elle tomba évanouie. Vishvantara sombra dans la dépression.

Lorsqu'ils revinrent à eux, ils se consolèrent l'un l'autre, et Vishvantara renouvela sa détermination d'œuvrer au bénéfice de tous les êtres. Un peu plus tard, Indra entendit parler du don des deux enfants de Vishvantara. Le roi des dieux, stupéfait, décida d'éprouver une fois encore la grandeur de cœur de Vishvantara et l'approcha, déguisé en prince. Vishvantara le reçut très cordialement et lui demanda ce qu'il pouvait faire pour lui. L'étranger répondit qu'il avait beaucoup entendu parler de sa générosité, ajoutant : « Si ce qui m'a été rapporté est correct, vous avez même fait don de vos deux enfants. » L'étranger continua de louer le prince, lui disant que sa générosité sans faille était renommée dans tous les endroits du monde. On disait même qu'il n'avait jamais déçu quiconque. Finalement, il en vint à sa propre requête : « Je suis un homme solitaire sans personne pour qui vivre. S'il vous plaît, cédez-moi votre épouse pour me réconforter et donner un sens à mon existence. »

Vishvantara était confondu. Il ne saisissait pas pourquoi sa bonté de cœur devait être soumise à pareille épreuve. Sa douce femme était sa seule source d'espoir et de soutien. Sa propre survie était en jeu. Elle l'aimait, et se séparer d'elle serait une peine insupportable. Vishvantara était sans voix. Pourtant, il se souvint qu'il s'était fixé pour but d'affranchir tous les êtres de la misère. Madri, son épouse, le supplia de ne pas la forcer à partir. Vishvantara lui-même savait très bien ce qu'il lui en coûterait. Mais l'homme insistait, arguant que si Vishvantara ne lui donnait pas sa femme, ce serait faillir à son engagement. Il déclara que lui-même y perdrait toute volonté de vivre. Vishvantara tenta de consoler son épouse. Il lui expliqua les avantages à long terme de la générosité dans l'intérêt des êtres. Il affirma aussi qu'ils ne pouvaient décevoir quelqu'un en souffrance devant eux. Finalement, Vishvantara accepta de donner sa chère femme à l'étranger solitaire.

L'homme prit la main de Madri, mais tandis qu'ils partaient, il disparut pour laisser apparaître Indra. Le roi des dieux loua les vertus de Vishvantara, le qualifiant de lion parmi les hommes. Il prédit que le grand cœur du prince serait universellement reconnu et admit qu'il était venu uniquement dans le but d'éprouver sa générosité. Réitérant son admiration pour Vishvantara et sa femme, Indra leur dit que le temps était venu de retourner au palais royal. Il fit aussi en sorte qu'ils rencontrent le vieux couple avec leurs deux enfants. Voyant le prince, la princesse et ses petits-enfants sur le seuil de sa porte, le roi fut rempli de joie. Les réjouissances furent grandes dans tout le royaume. Peu après, Vishvantara succéda à son père sur le trône. Il assuma le rôle de Dharmarajah, souverain religieux, et instaura paix et harmonie parmi les hommes.

Cette histoire n'est pas simplement un joli conte. Il faut s'en inspirer. Les Tibétains disent : « Les biographies des grands maîtres du passé doivent être des instructions spirituelles pour leurs disciples. » Le thème central de la vie du bodhisattva Vishvantara est la pratique de la générosité, particulièrement recommandée aux débutants sur la voie. Donner est une vertu bénéfique autant à celui qui donne qu'à celui qui reçoit. Celui qui donne crée du mérite, qui produira à l'avenir bonheur et fortune. Les angoisses du besoin et de la pauvreté sont allégées pour celui qui reçoit. La pratique du don a deux aspects : faire des offrandes aux bouddhas, et répondre aux nécessités matérielles des pauvres. Il est essentiel de commencer par développer la volonté de donner, étayée par des pensées positives de bonté. Il faut donner tout ce que l'on peut, mais il est important aussi de réitérer sans relâche, comme Vishvantara, l'engagement mental de pratiquer la générosité. C'est comme cela que se renforcent la détermination et la volonté de donner.

Au cours de temps infinis, en tant qu'être humain ou animal, on rencontre involontairement souffrances et difficultés. Il n'en est point qui n'aient été dues à la force des émotions perturbatrices. Votre corps peut avoir été écartelé, brûlé ou écorché vif. Même si vous avez dû les affronter auparavant, ces problèmes sont une espèce d'autotorture, car ils résultent d'émotions conflictuelles. Pourtant, loin de vous aider à accéder à la bouddhéité, ces épreuves ne contribuent même pas à votre aisance ni à prolonger votre vie. En dépit de toutes les souffrances endurées au fil des temps, rien ne peut mettre un terme à la douleur ; ainsi sont-elles véritablement une sorte de torture.

Cependant, si vous visez la bouddhéité, en dirigeant votre esprit vers elle et en faisant quelque effort, qu'il y ait ou non des obstacles, vous aurez un but bien défini. Sur le chemin de la bouddhéité, les épreuves sont limitées, car porteuses de progrès spirituel. Et plus vous pratiquez, plus vous réalisez. Ensuite, grâce à votre tournure d'esprit, en gagnant en qualité spirituelle, même de prétendues difficultés sont plus aisément surmontées. À mesure que vous atteindrez les échelons les plus élevés du développement spirituel, un temps viendra où vous pourrez sacrifier votre propre corps sans y voir le moindre inconvénient. Ainsi, par la puissance de votre pratique et l'affermissement de votre attitude mentale, vous pouvez mettre un terme à la souffrance.

Il n'est pas de fin aux peines subies dans le cycle de l'existence. Imaginez que vous ayez reçu une balle dans le ventre et que vous souffriez beaucoup. Pour extraire la balle, il vous faut passer sur la table d'opération. Même si l'intervention peut entraîner des complications, vous l'acceptez pour ne plus avoir mal. Aujourd'hui, les ablations et les transplantations sont des pratiques courantes. Parfois, on donne une partie de son corps pour sauver sa propre vie. En vue de s'épargner une douleur plus grande, on en accepte une moindre. Quand bien même on se sent mal à l'aise face aux médecins, aux médicaments et aux opérations, on est prêt à s'en accommoder pour se débarrasser de la maladie. À l'évidence, il faut avoir de la patience pour les petits ennuis afin de surmonter d'innombrables souffrances.

Le Bouddha Śākyamuni est comme le médecin suprême. Son but est que chacun accède à la bouddhéité. Il a enseigné une voie aplanie, et si vous la suivez, vous serez capable de vous guérir vous-même d'une peine incommensurable. Le Bouddha est comme un excellent guide. S'il faut traverser une montagne haute et difficile, on ne peut construire une route, ou forcer un véhicule à grimper à la verticale vers le sommet : il faut suivre les zigzags d'un chemin qui mène peu à peu jusqu'en haut. De même, le Bouddha a enseigné divers niveaux selon les facultés de ses disciples. Ces voies peuvent progressivement mener tous les êtres à la bouddhéité.

La pratique de la générosité en est un exemple. Le Bouddha nous apprend à donner d'abord de la nourriture, etc. Une fois familiarisé avec de telles pratiques, peu à peu, un temps arrive où se renforcent compassion et sagesse, jusqu'à ce que l'on puisse facilement faire don de son corps ou de sa chair. Le temps viendra où vous serez en mesure de considérer votre propre corps comme n'importe quel autre aliment.

Parfois, en regardant la télévision, j'assiste à des expériences scientifiques apparemment cruelles pratiquées sur des animaux ; on y voit des chercheurs ouvrir le crâne d'animaux encore vivants. Je ne supporte pas, je ferme les yeux. Ce qui signifie clairement que je ne suis pas accoutumé à de telles choses. De la même façon, quand je vois des poulets en cage à la porte de restaurants, cela m'attriste, mais pour ceux qui les tuent et les apprêtent, ce ne sont guère plus que des légumes. Ici et maintenant, aller en enfer de bon gré pour sauvegarder un seul être humain peut paraître effarant, mais une fois habitué à l'idée, c'est facile.

Ayant éliminé leurs actions négatives, les bodhisattvas n'éprouvent pas de souffrance physique. Et en raison de leur pratique de la méthode alliée à la sagesse, ils ne connaissent pas de tourment mental. À cause d'une conception erronée du soi, nous agissons mal, ce qui nuit à notre corps et à notre esprit. De par le mérite, nous serons bien dans notre peau, et de par la sagesse, la joie nous sera donnée. Ainsi, même s'il leur faut demeurer dans le cycle de l'existence, les tout compatissants ne se découragent jamais. De par leur courage mental, le courage de l'esprit éveillé, les bodhisattvas sont capables d'éliminer les actes négatifs accumulés dans le passé et d'amasser du mérite à la mesure de l'océan. C'est pourquoi ils sont considérés comme supérieurs à ceux qui ne voient pas plus loin que la libération personnelle. Pour cette raison, il faut enfourcher sans se rebuter le cheval de l'esprit d'éveil et cheminer de paix en paix. En possédant réellement un tel esprit, comment se décourager ?

En vue d'exaucer les souhaits des êtres, il convient d'accumuler les pouvoirs d'aspiration, de stabilité et de joie, et savoir quand s'arrêter. L'aspiration, c'est le désir de pratiquer. Avoir la stabilité mentale signifie ne pas abandonner la pratique. La joie, c'est prendre plaisir à pratiquer. Savoir s'arrêter veut dire que quand on est fatigué, il faut se reposer. Si vous vous forcez à vous exercer quand l'esprit rechigne, vous en viendrez à détester jusqu'à l'endroit où vous méditez. Donc, au début, il faut vous montrer habile dans l'approche. Quand on commence à méditer, au début de chaque session, il faut être frais et dispos, et essayer de s'en réjouir. Le repos doit servir à consolider la pratique. Il ne faut pas se forcer à l'extrême. Ne vous exténuez pas : prenez le temps d'une pause.

Vos manquements sont incalculables, comme ceux de tous les êtres. Il faut les détruire. En ce sens, il s'agit des émotions perturbatrices et autres obstacles à la libération et à l'éveil. Pour en terminer ne serait-ce qu'avec une seule, cela peut prendre un temps infini. Pourtant, ce cycle d'existence rempli de souffrance est un crève-cœur. Tous les êtres doivent accéder à des qualités sans nombre pour devenir des bouddhas, alors qu'en cultiver ne serait-ce qu'une seule prend des siècles. Et nous n'avons même pas encore commencé à nous familiariser avec une fraction de l'une d'elles. Étrange, notre manière de gâcher nos vies. Nous ne faisons pas d'offrandes aux bouddhas, ni ne contribuons à l'épanouissement des enseignements. Nous n'exauçons pas les désirs des pauvres, ni n'inspirons le courage à ceux qui ont peur, pas plus que nous ne donnons le pain de la paix et du bonheur à ceux qui n'ont rien. Dès la conception, nous faisons souffrir nos mères. Nous n'accomplissons rien en tant qu'humains, faute d'aspiration à la pratique spirituelle. Comment un être intelligent peut-il renoncer à pareille aspiration ?

Encore une fois, il faut cultiver la confiance en soi et méditer. Avant de s'embarquer sur la voie, il faut y réfléchir. Si vous pensez que vous n'en êtes pas capable, mieux vaut ne pas commencer. Car une fois que vous y êtes, il ne faut plus abandonner. Sinon, ne pas accomplir sa pratique devient une habitude. Non seulement dans cette vie, mais également dans celles à venir, car s'accoutumer à délaisser l'exercice entraîne une multiplication d'actions nuisibles et de souffrances. Vous vous retrouverez incapable d'achever d'autres activités, et tout résultat prendra du temps à se produire.

Faute de maîtriser leurs émotions conflictuelles, les gens ordinaires sont impuissants à réaliser leurs propres buts. Ils s'infligent involontairement une espèce d'autotorture. En vue de gagner un peu d'argent, certains travaillent jour et nuit ; d'autres se montrent agressifs et trompeurs. Ils s'impliquent dans des activités inférieures, et pourtant, ils le font volontiers. Nous nous sommes engagés à réaliser les objectifs de tous les êtres, comment donc pouvons-nous rester les bras croisés ? Il nous faut un sens positif de confiance en nous, sans pour autant agir par forfanterie ou courage mal motivé. La fierté en ce sens négatif est une émotion perturbatrice à éliminer. Si on se laisse décourager et si l'on perd confiance en soi, les émotions conflictuelles peuvent aisément prendre le dessus.

Il ne faut jamais oublier que nous sommes les enfants ou les disciples du Bouddha pareil au lion. Cette confiance en soi positive fait contrepoids au sens négatif de l'orgueil. Il n'y a rien de négatif à se sentir sûr que l'on peut accomplir ce qui doit être fait. L'esprit sûr de lui et résolu à combattre les émotions conflictuelles comme l'ennemi, on est prêt à passer l'épreuve et à surmonter la prétention. Il n'y a pas lieu d'avoir honte de cette sorte de confiance en soi. Ceux qui l'emportent sur la suffisance tout en gardant leur assurance sont appelés les braves, ou les victorieux. Ils seront à même d'accéder à la bouddhéité et d'exaucer les désirs d'autrui. Avec cette assurance-là, même encerclé par une horde d'émotions perturbatrices, elles ne sauraient nuire, comme un groupe de renards ne peut rien contre un lion. Tout comme les humains qui restent en alerte, même confrontés à des problèmes entraînant d'autres difficultés, ne vous laissez jamais piéger par les émotions conflictuelles. Mieux vaut être brûlé vif, tué ou décapité que plier devant l'ennemi.

Cultivez le pouvoir de la joie. Ceux qui suivent le chemin des bodhisattvas s'engagent avec bonheur et plaisir dans la pratique, comme un enfant heureux de s'amuser. Il vous faut entrer dans ce mode de vie sans devenir complaisant. Les gens du commun s'engagent dans de multiples activités pour produire un peu de bonheur contaminé, parce qu'ils ne sont pas sûrs d'obtenir les résultats escomptés. Il y a autant de chances qu'ils parviennent à ce qu'ils veulent ou qu'ils n'y parviennent pas, et pourtant, ils y travaillent dur. Mais si l'on suit le mode de vie des bodhisattvas, on est absolument certain de trouver paix et bonheur durables. C'est une façon de vivre agréable, utile à soi et aux autres.

Pas plus les plaisirs sensuels que les objets du désir n'apportent de satisfaction durable. C'est comme du miel sur le fil d'une épée. Vous léchez et peut-être sentez-vous la douceur du miel, mais dans le même temps, vous vous coupez la langue. En œuvrant à la paix durable de la libération, vous gagnerez tranquillité et grand mérite. Sans complaisance, travaillez dans ce but. Ce faisant, vous serez à même de mener vos efforts à terme. Aussi, faites joyeusement vôtre le mode de vie du bodhisattva, tout comme un éléphant brûlé par le soleil plonge avec délices dans la fraîcheur d'un lac.

LA PRATIQUE DU MÉDITANT

La concentration est l'une des meilleures méthodes de contrôle de l'esprit. En se fondant sur la concentration en un seul point, on peut se débarrasser des niveaux les plus frustes des émotions conflictuelles. La concentration n'est pas capitale en elle-même, mais elle joue un rôle essentiel sur la voie. Quelle que soit la méditation, concernant des qualités mondaines ou transcendantales, l'accomplissement dépend de la concentration unipointée. Quand on y parvient, on peut focaliser l'esprit sur n'importe quel objet. En combinant une vision spécifique de la vacuité à la pratique de pacification de l'esprit, on arrive à anéantir les émotions aliénantes. Pour y parvenir, il faut d'abord s'exercer à la concentration.

Il importe au premier chef de rassembler les causes et conditions nécessaires. Physiquement, il faut s'installer en un endroit isolé, calme, sans bruit ni tumulte, car le son est l'épine perturbatrice de la concentration. Ensuite, le plus important est de libérer l'esprit de ses troubles. Si l'esprit est affranchi de pensées conceptuelles et le corps de son agitation, vous ne serez pas distrait. Celui dont l'esprit est dissipé est pris dans les rêts des émotions conflictuelles. Pour arrêter l'éclosion de pensées discursives, il faut réfléchir aux méfaits de l'attachement et du désir.

Pourquoi une entité impermanente devrait-elle s'attacher à une autre ? Pourquoi deux personnes sur le point d'être exécutées ou souffrant d'une maladie mortelle se lieraient-elles l'une à l'autre ? Il est absurde qu'elles s'attachent l'une à l'autre, ou se battent entre elles. Pour des êtres impermanents, il est insensé de s'attacher à quiconque. Proches et amis changent d'un instant à l'autre. Et parce que l'on s'y attache, on détruit la possibilité d'accéder à l'état immuable de la libération. De par la nature instable de l'esprit, des êtres deviennent un instant des amis, pour se transformer un moment après en ennemis. En raison de son propre attachement, on contribue également au développement de l'attachement chez autrui.

Fortement attaché sans rien d'agréable en retour, on ne connaît ni plaisir ni stabilité mentale. Rien même de séduisant ne donne satisfaction. On continue à convoiter et à s'attacher, ce qui ne fait que nuire. Aussi longtemps que l'attachement est en vous, que les choses soient plaisantes ou déplaisantes, vous ne serez pas heureux. Donc, pour commencer, il faut en finir avec cet attachement.

On dit que, couché sur une montagne d'or, l'or vous écorche ; sur une montagne de boue, vous en êtes éclaboussé. Et si vous vous associez à des êtres infantiles, vous vous engagerez dans des actions puériles et pernicieuses. À se vanter tout en médisant d'autrui, en participant au bavardage agréable aux oreilles des êtres du cycle de l'existence, on est poussé vers des états défavorables. On est incapable de renoncer au *samsara.* Comme les abeilles qui tirent le miel des fleurs sans s'attacher ni à la fleur ni à ses couleurs, prenez juste ce qui est nécessaire à votre pratique spirituelle et restez détaché des choses de ce monde.

Ceux dont l'esprit est confus, qui sont attachés aux

biens matériels et aux louanges, auront à affronter des souffrances mille fois plus grandes que le plaisir de l'attachement. C'est pourquoi les sages ne s'y laissent pas prendre, car l'attachement engendre la peur. Et tôt ou tard, il faudra renoncer à ce à quoi l'on est attaché. Un vieil adage dit que tout ce qui est réuni est voué à être dispersé, et que tout ce qui est haut placé tombera un jour. Même riche, même porté aux nues, reconnu, vous n'emporterez rien dans la mort. Alors que d'aucuns vous critiquent et vous diffament, pourquoi être particulièrement content si quelqu'un chante vos louanges ? Si certains vous encensent, pourquoi être agacé par des critiques ? De par leur condition karmique, ainsi qu'en raison de leurs dispositions mentales et de leurs intérêts, les êtres sont tellement inconstants que même les bouddhas ne sont pas en mesure de les satisfaire.

Innombrables ont été les gens attirés par les merveilleuses qualités physiques, mentales et verbales du Bouddha Śākyamuni, et pourtant, il s'en est trouvé aussi pour dire du mal de lui. Alors, quelle affaire si l'on dénigre des gens aussi ordinaires que nous, totalement en proie aux émotions conflictuelles ? Aussi, renoncez à essayer de plaire au commun. Quand quelqu'un n'a pas d'amis, on le méprise. Si au contraire il en a beaucoup, on ricane : « C'est un tel flatteur ! » Les gens ont toujours quelque chose à critiquer. Quoi que vous fassiez, il est très difficile de vivre à l'aise avec des êtres puérils.

S'ils n'ont pas ce qu'ils veulent, les êtres immatures sont malheureux. Le Bouddha lui-même a dit qu'il était difficile de leur faire confiance ou de leur venir en aide. Compte tenu des complications liées à la fréquentation de la gent humaine, le Bouddha recommande de demeurer en un lieu retiré. Nombreux sont les avantages d'être loin de la cohue et de la bousculade des villes et des cités, à l'écart, isolé. Dans une forêt ou quelque part haut dans la montagne, il n'y a que des bêtes sauvages, de belles fleurs et des plantes. Animaux et objets inanimés ne vous feront aucun mal. À la différence des humains, ils n'attendent ni ne suspectent rien.

Il serait bien agréable de demeurer ainsi quelque part, dans une grotte nue, un temple vide ou sous un arbre, sans avoir à revenir à la grisaille routinière de tous les jours, sans compagnie humaine : on s'épargnerait tant d'émotions conflictuelles, comme l'attachement ! Quand l'endroit où vous vous trouvez n'appartient à personne et qu'il est largement ouvert, il vous offre la joie.

En pareil lieu, on a besoin de peu de choses : un bol à aumônes en argile, quelques hardes pour se couvrir... Point n'est besoin de cacher ses biens. D'ordinaire, les gens riches sont très vigilants, craignant que d'autres volent ce qu'ils possèdent, redoutant que leurs biens soient abîmés ou endommagés par la mousson, ou encore rongés par les rats. Ils sont constamment en train de dissimuler ce qui leur appartient et s'inquiètent de le préserver.

Quand nous autres Tibétains sommes arrivés en exil, la plupart d'entre nous n'avions qu'un ou deux baluchons, et rien de plus. C'était très commode. Les maîtres de discipline des divers monastères demandaient d'ordinaire aux moines de ne pas avoir trop de biens, de façon à ce qu'ils soient en mesure de rester droits comme des bâtons d'encens. Il est dit qu'il faudrait vivre de telle manière que tout ce qui vous appartient soit sur vous ; sans avoir rien à porter ni à cacher, donc sans avoir rien à craindre.

Les maîtres kadampa avaient coutume de dire que si les personnes ordonnées étaient capables de s'affranchir de la vie de famille, elles avaient tendance à s'emprisonner derechef dans une espèce de second foyer. Ce qui signifie qu'en entrant dans les ordres, on continue d'amasser des biens, et que l'on s'implique encore une fois afin de les protéger. Il y a une petite histoire à propos de villageois qui avaient entendu dire que des brigands allaient assaillir leur hameau. Ils s'enfuirent avec tout ce qu'ils pouvaient emporter. L'un d'eux pourtant se contenta de rester sur place et de regarder les autres. Quand on lui demanda pourquoi il ne prenait pas ses jambes à son cou, comme eux, il répondit : « Je ne possède rien, donc je n'ai rien à cacher. »

En vue de surmonter l'attachement, songez au fait qu'on naît seul, qu'on meurt seul. À la mort, on doit se séparer des proches et des amis, des biens et même de son corps. Naissance et mort sont les deux moments les plus importants de notre vie, quand personne ne peut nous aider ni partager nos tourments. Les voyageurs passent une nuit à l'auberge, puis s'en vont. De même, tandis que l'on traverse le cycle de l'existence comme nous le faisons depuis des temps sans commencement ni fin, nos naissances temporaires sont comme la halte nocturne du voyageur. Tôt ou tard, vous mourrez et après, votre dépouille sera emportée par quatre croque-morts, tandis qu'amis et proches se lamenteront autour de vous. Si à cet instant, vous regrettez d'avoir été incapable de faire des choses positives et d'en avoir commis beaucoup de négatives, il sera bien trop tard. Par conséquent, avant que d'en arriver là, retirez-vous et pratiquez. Dans les récits des grands adeptes du passé, tous ceux qui sont parvenus aux accomplissements les plus hauts ont toujours vécu dans des endroits paisibles et isolés.

Quel avantage y a-t-il à méditer en pareils lieux ? Point de prétendus amis ou de proches dans les parages, personne pour vous irriter ou pour vous distraire. À vivre solitaire en un coin reculé, déjà considéré comme mort, quand vous mourrez, il n'y aura personne à l'entour pour pleurer. Les animaux et les oiseaux qui vous auront tenu compagnie ne se lamenteront pas, pas plus qu'ils ne vous feront du mal. Dans ces conditions, vous pourrez réunir les qualités d'un bouddha, méditer la vacuité ou vous livrer à des exercices tantriques. Car l'environnement procure une expérience apaisante semblable à l'effet calmant du santal ou de la lumière de la lune.

C'est fort bien d'être en mesure de demeurer à l'écart. On ne dépend de personne : on est complètement libre et indépendant, sans attache. Pas d'occasion de faire de distinctions entre les êtres, en disant celui-ci est mon ennemi, tel autre mon chef ou mon ami. On mène une vie heureuse, content de ce qui vient. Même le roi des dieux ne vit pas de la sorte. En songeant aux qualités de vie d'un endroit ainsi isolé, il faut dissiper les pensées conceptuelles perturbatrices et méditer l'esprit d'éveil.

En ce monde et au-delà, le désir amène la distraction. Que l'on souhaite quelque objet, ou simplement le renom et une bonne réputation, ce désir peut vous mener à la prison dans cette vie et en enfer dans les autres. L'une de ses formes les plus puissantes est le désir sexuel. Dans le plaisir de l'étreinte sexuelle, on enlace rien de plus qu'un squelette couvert de chair et de peau. Pas la moindre essence au-delà. L'apparente beauté que l'on trouve chez le partenaire n'existe pas indépendamment, en soi, pas plus qu'il ou elle ne la possède d'emblée. Un squelette nous effraie, même s'il ne remue pas. Pourquoi alors ne pas en avoir peur quand il est vivant et qu'il bouge ? Au lieu de s'attacher à quelque chose d'aussi terrifiant, pourquoi ne pas prêter attention à la sérénité durable du nirvana ?

Il n'est guère surprenant de ne pas voir les autres corps comme repoussants, mais il est étonnant de ne pas penser au nôtre comme immonde. Pourquoi donc préférons-nous nos corps, avec leurs sécrétions déplaisantes, aux plus belles fleurs de lotus qui s'épanouissent quand les rais du soleil se libèrent des nuages ? Tout le monde recule devant un endroit souillé d'excréments. Pourquoi dès lors prendre plaisir à toucher les corps qui les produisent ? Nous avons tous horreur des vers et des asticots qui grouillent naturellement dans la crasse. Dès lors, pourquoi être attaché à des corps dont la nature propre est également impure ?

Non seulement nous sommes incapables de voir notre propre corps comme malpropre, mais nous nous attachons à celui d'autrui. Même des choses attirantes comme les fruits et les légumes, ou des substances médicinales qui sont relativement pures, sont souillées dès qu'on les porte à la bouche. Si on les recrache, on salit le sol. Voilà quelques indications permettant de comprendre comment nos corps sont immondes. Si vous n'arrivez pas à le percevoir, il faut visiter une morgue et y examiner un cadavre. Une fois que l'on a expérimenté la peur de toucher la peau d'un mort, comment le désir de toucher d'autres corps peut-il rester le même ?

D'aucuns, suprêmement ambitieux, travaillent si dur qu'ils rentrent à la maison totalement exténués. C'est à cause de l'attachement à la richesse, la récompense du travail. Dans d'autres cas, des gens se marient, mais sont obligés de travailler à l'étranger, ou alors, comme nous les Tibétains, ils quittent leur pays et deviennent des réfugiés. Être séparé des siens est source de grande souffrance. Ils gardent le contact seulement par téléphone ou par lettres. Ces gens commencent par vouloir améliorer leur condition, mais se séparer des siens durant de longues périodes, c'est un peu comme se vendre en servitude. On a beau parfois se contenter de son lot, les besoins du partenaire et des enfants le remettent en question.

Laissé à soi-même, on peut préférer une vie harmonieuse. On peut être soi-même une personne de cœur, mais à cause du partenaire et des enfants, il peut être impossible de demeurer en bons termes avec les voisins.

Il y a des gens qui souffrent de ne pas avoir d'enfants. Ils consultent spécialistes et lamas, récitent des prières et prennent des médicaments, tandis que d'autres souffrent parce qu'ils vont en avoir, et songent à l'avortement. Ceux qui brûlent d'avoir un enfant l'attendent comme s'il s'agissait d'un trésor. Mais une fois qu'il est là et qu'il se montre désobéissant, l'enfant devient source d'anxiété. Puis à mesure qu'il grandit, il faut sérieusement songer à son éducation. D'abord, vous ne pouvez pas l'envoyer à l'école que vous avez choisie, ou vous ne savez pas décider quelle est la bonne. Ensuite, après avoir bataillé ferme pour le faire admettre, il ne suit pas. Ou alors, il passe bien les examens, mais ne trouve pas de travail. Et même s'il trouve une bonne place, il faut commencer à penser au mariage. Puis après l'avoir nourri et éduqué, en vieillissant, courbé sur un bâton, les yeux brouillés et faibles, on lui demande de l'aide. Quand il refuse, la seule chose que l'on puisse faire, c'est se lamenter et se dire que mieux aurait valu ne pas l'avoir. Ainsi passent nos vies. Voilà pourquoi le Bouddha Śākyamuni lui-même a dit que riche ou pauvre, la vie d'un chef de famille ressemble à une maladie.

C'est avec ce genre de pensées que ceux qui entrent dans les ordres quittent la vie de famille. Leur but, ce n'est pas de faire des affaires, de commencer un nouveau projet ou de tromper autrui : leur seul objectif, c'est une pratique spirituelle sincère. Si on le fait sans trop se préoccuper de nourriture, de vêtements et de biens, mais en s'engageant essentiellement dans la pratique de méditation, la vie de moine est tout simplement merveilleuse. On peut se lever tôt le matin, car on ne dépend de personne. Si l'on veut dormir, on dort. Au niveau superficiel, on n'a pas à s'embarrasser d'affaires courantes et dénuées de sens. Selon une perspective plus ample, on peut consacrer toute son existence à la quête de la bouddhéité. À court terme, il nous est possible de mener une vie très satisfaisante si l'on est sincère dans la pratique. Un verset dit que « si vous pratiquez sincèrement, même en menant une vie de chef de famille, le nirvana sera vôtre. Si vous ne pratiquez point, quand bien même vous demeurez dans les montagnes à hiberner comme une marmotte, vous n'aboutirez à rien ».

L'attachement aux richesses et aux biens est source d'ennuis. Pourtant on ne peut rien sans argent. Il faut trouver un travail qui rapporte le maximum. Mais on ne peut gagner bien qu'en ayant une bonne éducation. Par conséquent, certains s'efforcent de s'instruire, alors que d'autres exhibent de faux diplômes. Même un petit commerce requiert un capital de départ. Nombre de réfugiés tibétains vendent pull-overs et autres lainages dans les rues indiennes, ce qui peut être très éprouvant. Il n'y en a cependant pas beaucoup parmi eux qui endureraient pareilles difficultés pour une pratique spirituelle. De même, on prie et on accomplit des rituels, mais peu nombreux sont ceux qui vont trouver un lama pour lui dire . « S'il vous plaît, faites un rituel afin que je puisse rapidement accéder au nirvana et à l'éveil. » En revanche, nombre de personnes demandent au lama : « Dites une prière pour que mes affaires soient fructueuses. » Et une fois que l'on a gagné quelque argent surgit le problème de le protéger, de savoir à quelle banque le déposer. Aujourd'hui, il y en a tellement qu'il faut s'enquérir de celle qui offre le meilleur taux d'intérêt. Entre-temps, vos sous peuvent être perdus ou volés.

Il y a différentes manières de dépenser son argent. Je songe en particulier à un Tibétain qui m'avait demandé de donner une initiation du Kalachakra, déclarant qu'il était prêt à la parrainer. Après m'avoir entendu parler de l'éducation et du parrainage d'enfants, il me confia qu'il aimerait mieux dépenser l'argent qu'il avait déposé en vue de l'initiation pour l'éducation d'enfants tibétains. C'est un bon exemple. Après s'être donné du mal pour faire fructifier leur argent, certains le dépensent de façon sensée et bénéfique. J'ai également entendu parler de gens qui non seulement priaient chaque semaine après la mort de quelqu'un, mais faisaient aussi une grande fête. C'est idiot. Comment célébrer la mort de quelqu'un ? Quand on accumule de l'argent et que l'on s'enrichit, il faut assurer que cet argent soit dépensé de manière positive pour l'éducation, la santé, etc., et pas seulement gaspillé. La vie humaine fournit tant d'occasions de faire du bien que si on la gâche à courir après des futilités dignes d'animaux, c'est vraiment honteux. Elle fournit l'assise de merveilleuses réalisations. Il serait très malencontreux d'assurer uniquement la survie corporelle.

Prenons un exemple plus prosaïque. Quand on se gratte, on ressent un soulagement passager, mais au lieu de cet apaisement, mieux vaudrait ne pas être piqué. Personne ne souhaite avoir un bouton afin d'avoir le plaisir de se gratter ! De même, si l'on désire quelque chose qui apporte juste un plaisir temporaire, mieux vaudrait n'avoir ni désir ni attachement.

Lorsque que l'on essaie de focaliser l'esprit sur un objet, il tend à vagabonder. Deux causes sont à l'origine de cette incapacité de se fixer sur l'objet : l'excitation et le relâchement. L'excitation est l'un des obstacles les plus puissants : c'est à la fois une distraction et une espèce d'attachement. L'esprit peut être distrait soit par un objet extérieur, soit par des pensées conceptuelles subtiles. C'est cela qu'il faut stopper. Pour calmer cette exaltation, il convient de réfléchir aux émotions perturbatrices, à la nature de l'impermanence, ou à la nature douloureuse du cycle de l'existence. Y songer est un peu décourageant, ce qui a pour effet de calmer l'esprit et de le mettre un peu en retrait.

Cela dit, si l'esprit est trop découragé et manque d'entrain, il s'affaiblit, perd sa capacité d'analyse et d'examen, puis sa clarté et son discernement : c'est du relâchement mental. Celui-ci n'empêche cependant pas l'esprit de se fixer sur son objet, mais il l'empêche de le faire clairement. En perdant la netteté de l'objet, même si l'esprit s'y focalise, on est incapable de le percevoir avec précision. Dans ces conditions, il faut essayer de le stimuler en réfléchissant aux qualités de l'esprit d'éveil, à la nature de Bouddha présente en soi, et au fait d'avoir été gratifié d'une vie humaine libre et favorisée. En y songeant, l'esprit se rafraîchit et s'éclaircit.

En ce qui concerne l'objet de la méditation, en général n'importe lequel convient : une pierre, une fleur, une image du Bouddha... Si vous choisissez une fleur, regardez-la d'abord attentivement. Observez sa forme et sa couleur, ce qui générera son image dans votre esprit, puis essayez de méditer son image mentale. Il faut la visualiser à une distance équivalant à une grande prosternation, devant soi au niveau des sourcils. Il faut l'imaginer lumineuse, un peu lourde afin de contrebalancer l'excitation. La voir claire et radieuse contrecarre le relâchement mental. Telle est la manière de méditer décrite dans les sutras.

Si vous avez reçu une initiation et que vous pratiquez selon les tantra, vous visualisez votre corps comme celui d'une divinité et le méditez. En abordant la pratique du Tantra Yoga supérieur, on ne se concentre pas simplement sur tout le corps, mais sur des points précis à l'intérieur. On visualise des canaux dans le corps, et on se focalise sur les énergies qui y circulent. Alternativement, on peut concentrer son attention sur une goutte particulière à l'intérieur des canaux. Une autre approche consiste à méditer simplement la nature de l'esprit, sa clarté et sa luminosité propres. D'abord, il faut arrêter de penser à toutes vos expériences passées, quoi que vous ayez fait. Il faut empêcher l'esprit de vagabonder à propos de projets et de plans d'avenir. Une fois stoppé l'avènement de pensées conceptuelles, l'esprit sera libre d'identifier sa propre nature lumineuse. L'esprit se focalisera alors sur l'esprit. Il y a l'esprit qui fait l'expérience, et l'esprit qui est expérimenté. C'est ainsi que l'on utilise l'esprit comme objet de méditation.

Il existe aussi une manière de cultiver l'esprit d'éveil en méditation : en troquant son propre bien-être contre les souffrances d'autrui. On se voit soi-même et les autres de même nature. Cette pratique est très puissante. Elle est étayée par la raison et la logique, mais elle peut aussi être comprise à la lumière de l'expérience quotidienne.

Il faut d'abord méditer l'égalité avec les autres, ce qui veut dire comprendre que tous les êtres sont semblables à soi-même dans le désir de bonheur et le rejet de la souffrance. Tous ne souhaitent pas seulement le bonheur et éliminer les peines, ils y ont droit. En conséquence, impartialement, sans attache ni colère, il convient de cultiver un esprit désireux d'être bénéfique à autrui. De même, tous les êtres ont le même potentiel de trouver le bonheur et d'éliminer la souffrance. C'est en cela qu'ils sont pareils à vous. Une simple observation suffit à le comprendre. Les insectes les plus minuscules sont comme vous à la recherche du bonheur, tout en ne voulant pas souffrir. Si un petit insecte s'approche de vous et que vous le touchez du doigt, il recule et se fige, essayant de se protéger. Même lui, si fragile et si faible, fait de son mieux pour s'épargner la souffrance et cultiver le bonheur. À regarder des insectes si impuissants, je ne puis m'empêcher d'être triste.

Les dieux eux-mêmes sont pareils à nous dans leur désir de bonheur et leur rejet de la souffrance, tout comme ceux qui vivent dans le royaume des esprits. On attribue souvent les infortunes aux nuisances causées par des esprits maléfiques. Mais au lieu de les blâmer de la sorte, on devrait réfléchir au fait qu'eux aussi, comme nous, recherchent le bonheur et repoussent la douleur. Si vous pouvez voir la même nature dans tous les êtres sensibles, vous n'aurez pas à convier des lamas à accomplir des rituels visant à maîtriser les esprits mauvais. Vous n'aurez à gaspiller ni argent ni ressources.

Un jour, on m'a parlé d'un esprit puissant et malfaisant présent dans les parages où je vis, à Dharamsala, et on m'a demandé de m'en occuper. J'ai accepté, comme si je savais comment chasser les esprits nuisibles, parce qu'il n'y avait rien d'autre à faire. J'ai médité la compassion et l'amour, et réfléchi fermement au fait que tous les êtres sont de même nature dans leur désir de bonheur et de refus de la souffrance. J'ai songé en particulier à ce que le prétendu esprit néfaste du lieu était lui aussi pareil. Après, on m'a dit qu'il était parti et qu'il ne causait plus d'ennuis. Peut-être était-ce une simple coïncidence, ou peut être ai-je eu un certain succès. Méditer sincèrement la compassion aide réellement les créatures.

Comme tous les êtres sensibles sont semblables à nous, de même nature, il faut essayer de les protéger. Notre corps a plusieurs parties : les bras, les jambes, etc. Même si chacune est différente, on prend soin de toutes parce qu'elles appartiennent à notre corps. Il y a d'innombrables êtres sensibles dans les royaumes de l'existence. Dans la mesure où tous aspirent au bonheur et cherchent à éviter la souffrance, nous devrions tâcher de les protéger. On peut s'interroger, en disant : « Oui, mais mes jambes et mes bras ont beau être différents, ils sont à moi. Quand ils sont heurtés, c'est moi qui ai mal. Mais quand d'autres sont blessés, je ne sens rien. Leurs souffrances ne me font rien, alors pourquoi devrais-je les en préserver ? »

Bien entendu, les souffrances d'autrui ne vous font pas mal directement, mais en songeant que les autres sont pareils à vous-même, vous essayerez de vous en soucier. Leurs souffrances sont comme les vôtres. Dans la mesure où vous ressemblez aux autres dans la quête du bonheur, pourquoi faire une distinction entre eux et vous ? Pourquoi n'être concerné que par votre propre bonheur ?

Autre comparaison. Qui est plus important, vous en tant qu'individu, ou bien les autres qui sont en nombre infini ? Mieux encore, quand vous parlez de vous et des autres, les deux ne sont pas sans être liés. Leurs actions vous influencent, et les vôtres affectent l'esprit d'autrui. Votre bonheur et vos peines sont également expérimentés par d'autres. Les deux sont liés, mais en termes de nombre ; leur bien-être, leur paix et leur bonheur sont plus importants. Il est donc naturel de laisser de côté une préoccupation mineure, votre propre bien-être, dans l'intérêt d'un souci majeur, celui des autres. Il serait sage et astucieux de sacrifier un doigt si c'est pour protéger les neuf autres. En sacrifier neuf pour en protéger un seul serait stupide et fou. De même, si dix personnes devaient être exécutées, mais que le sacrifice d'une vie épargnerait celles des autres, il serait sage de le faire.

Vous pouvez toujours rétorquer que dans la mesure où les souffrances d'autrui ne vous touchent pas directement, il n'y a aucune raison pour vous de les en protéger. Néanmoins, si elles ne vous affectent pas directement à court terme, elles vous nuiront indirectement. En général, si les autres sont heureux, vous l'êtes aussi. Si vous vous souciez de la paix et du bonheur d'autrui, automatiquement, vous serez vous-même tranquille et heureux. En les négligeant pour ne penser qu'à vous, si vous ôtez la vie à autrui, volez leurs biens ou si vous partez avec leur partenaire, vous créez un tas de souffrances. Même d'un point de vue légal, si vous tuez quelqu'un, vous serez pris et puni. Si vous sauvez quelqu'un de la noyade, vous serez félicité et récompensé. Il ne s'agit pas là de quelque chose de spirituel, cela fait partie de la vie courante.

Vous pouvez songer que les souffrances des autres ne vous concernent pas, parce qu'ils sont différents et que vous ne pouvez expérimenter ces peines. Mais en même temps, si vous croyez en la renaissance, il vous faut veiller à éviter de souffrir dans d'autres vies, sachant que tôt ou tard, vous aussi aurez à vous y frotter. Là, il y a erreur, car la pensée tend à voir la personne que vous êtes aujourd'hui et celle que vous serez dans l'avenir comme seule et unique. Bien sûr, la continuité est la même, mais il s'agit de deux personnes différentes. Celle qui accumule la cause n'est pas la même que celle qui expérimente l'effet. On conçoit ces deux continuités différentes — la première de votre vie précédente, et la seconde, de votre vie à venir — comme des continuums antérieur et ultérieur. On les qualifie de la sorte en se fondant sur l'ensemble des constituants physiques et mentaux. Ces désignations se font sur la base de diverses collections et continuités. Donc, elles n'ont aucune existence intrinsèque.

Un rosaire et une armée n'ont pas d'existence inhérente. Lorsque plusieurs parties, comme des bras et des jambes, sont assemblées, on désigne cela comme un corps. Quand un certain nombre de grains sont enfilés ensemble, on appelle cela un rosaire. Quand beaucoup de soldats sont réunis, on dit que c'est une armée. La personne qui souffre est aussi une dénomination et n'a pas d'existence intrinsèque. Il n'y a pas de possesseur existant en substance pour expérimenter la souffrance. On ne saurait faire de distinction. Si nous sommes concernés par la souffrance de l'autre personne que nous serons dans le futur, nous devrions l'être par celle d'autrui ici et maintenant. En ultime ressort, toute chose est vide d'existence intrinsèque, il n'y a personne pour détenir la souffrance. La souffrance est souffrance, et elle doit être éliminée.

Une autre question peut se poser. Quand nous rejetons la souffrance, en générant la compassion, on s'implique dans celle des autres, qui s'ajoute alors à la nôtre. On peut se demander pourquoi devoir persister à cultiver cette compassion ? Voici la réponse : en songeant aux souffrances d'autrui, on réfléchit également aux raisons de les aider. On cultive volontairement la compassion, sur la base de la raison, si bien que ce n'est pas ajouter à la souffrance. La souffrance naturelle que nous endurons n'a rien de volontaire. Quand elle advient, on se désespère et l'esprit en est submergé. En outre, en assumant volontairement la difficulté afin de pouvoir pratiquer, en raison de notre détermination, ce ne seront plus des difficultés. Au lieu de se sentir confondu devant l'obstacle, on se sentira plus courageux. Parce que l'on sait pourquoi on affronte pareille épreuve, jamais elle ne vous débordera ou vous découragera. En fait, elle rend heureux.

En cultivant la compassion, on réfléchit aux souffrances des êtres, à leurs bontés à notre égard et aux raisons de dissiper leurs peines. Par conséquent, on n'est pas désemparé. On peut se sentir quelque peu mal à l'aise face aux souffrances d'autrui, sans que l'esprit s'en trouve consterné. Ainsi, la distinction est nette entre la souffrance accablante, qui advient naturellement d'être né dans le cycle de l'existence, et la difficulté affrontée volontairement sur la base de la raison et en vue du bénéfice qui s'ensuivra. Il est juste de défier épreuve ou peine, ou d'accepter de bon gré l'une ou l'autre, si l'on peut en éliminer beaucoup. Donc, les êtres compatissants estiment qu'il vaut la peine de cultiver ces difficultés en eux-mêmes. En accoutumant l'esprit à cette démarche, vous serez très heureux de dissiper les peines d'autrui. Vous vous engagerez dans cette voie aussi volontiers qu'un cygne entre de plein gré dans un lac rempli de lotus. De par cette attitude, même si vous deviez naître en enfer afin d'écarter la souffrance des êtres, vous le feriez de bon cœur. Quand tous les êtres seront libres, le bonheur ne s'étendra-t-il point à perte de vue comme un océan ?

Il n'y a aucune raison d'être particulièrement fier de satisfaire les désirs d'autrui. Pas la peine de s'en vanter. Puisque votre seul but est d'aider à accomplir les desseins des autres, inutile d'en attendre une quelconque récompense. Tout comme vous vous gardez de difficultés mineures, ne serait-ce que de mots désagréables, il vous faut cultiver un esprit protecteur envers autrui. C'est cette compassion-là que vous devez viser. Une fois que votre esprit s'en est familiarisé, vous regarderez les autres comme vous-même.

Si ce n'est pas encore le cas, il faut cultiver l'esprit d'éveil en posant davantage l'accent sur les besoins d'autrui que sur les siens propres. Si c'est déjà fait, il convient de le consolider. Il faut se voir accablé de travers, et voir les autres, couverts d'un océan de vertu. Ce qui signifie percevoir l'égoïsme comme une faute, alors que le souci du bien d'autrui est la source des meilleures qualités. Il faut donc s'engager dans la pratique d'échange avec les autres. Renoncez à l'égocentrisme et méditez l'acceptation d'autrui.

Depuis le commencement des temps, il n'y a pas de soi à l'existence intrinsèque. Et pourtant, vous en êtes à considérer cette entité physique produite par vos parents comme votre corps. Si vous laissez votre esprit s'accoutumer à cette idée, pourquoi ne pourriez-vous pas en venir à regarder les autres de la même manière ? Lorsque vous vous nourrissez, vous n'attendez rien en retour. Ainsi, œuvrer pour autrui et supporter des épreuves à leur place ne serait pas matière à se vanter. Il faut s'accoutumer à l'esprit de compassion.

Quand bien même ces pratiques sont difficiles, cela ne doit pas vous arrêter. Ne vous découragez ni ne vous détournez. La grande compassion est très bénéfique et utile. Peut-être est-elle ici et maintenant un peu au-delà de l'appréhension de votre esprit, mais à la longue vous serez capable de la générer. Ainsi, il y a peut-être quelqu'un que vous ressentez comme particulièrement hostile à votre endroit, si bien qu'à chaque fois que vous entendez son nom, vous êtes inquiet. Mais une fois que vous avez fait connaissance, vous vous rapprochez graduellement. Si vous voulez vous protéger vous-même et protéger autrui, il faut vous engager dans la pratique secrète d'échange avec les autres. C'est ce que l'on appelle la pratique secrète suprême, et elle doit être accomplie dans le dessein d'accéder à la bouddhéité. Le faire est difficile pour ceux qui sont étroits d'esprit ou qui n'ont pas l'intelligence de comprendre ni d'apprécier l'exercice. C'est en songeant à eux que l'on parle de pratique secrète suprême.

Si vous pensez qu'en renonçant à votre corps et

vos biens, il ne vous restera rien, c'est que vous êtes encore et toujours concerné par vos propres intérêts. « Si je donne cela, que me restera-t-il ? » est la voix de l'égoïsme. « Si j'utilise ceci, qu'aurai-je à donner ? » est celle du souci d'autrui. C'est une pratique de vertu, une pratique spirituelle. De même, nuire à d'autres au profit de vos propres intérêts, tuer des animaux pour leur viande ou leur peau, voler, violer par lasciveté, tromper autrui ou parler rudement — quelle que soit la manière, physiquement, mentalement ou verbalement, cela mène à une vie infernale. Par ailleurs, si par souci d'autrui, vous affranchissez les êtres, les aidez ou leur sauvez la vie, si vous acceptez de bon gré souffrance et épreuves en leur nom, vous y gagnerez d'excellentes qualités. À court terme, vous allez renaître en tant qu'être humain libre et bien loti, et vous accéderez finalement à la libération et à l'éveil.

Si en revanche vous vous tenez en haute estime et lorgnez des positions supérieures, vous aurez beaucoup d'ennemis dans cette vie. On dira du mal de vous, et vous serez entouré d'hostilité. À l'avenir, vos sens seront pesants, et votre esprit dérangé. Au contraire, en vous cantonnant humblement dans une position subalterne, vous serez respecté. Il semble parfois que les bravaches réussissent. C'est peut-être la manière des politiciens, qui font tant de promesses et se vantent tellement durant les campagnes électorales. Mais ce sont précisément des mensonges aussi éhontés qui contaminent l'atmosphère politique. À observer l'humilité et à considérer les autres comme supérieurs, vous serez heureux dans cette vie et celles à venir vous apporteront paix et bonheur.

Par suffisance, vous pouvez obliger autrui à travailler pour vous. Ainsi, des gens se servent de chevaux et d'autres animaux pour porter des marchandises sans se soucier de leur bien-être. Ils ne pensent à eux qu'en termes d'objets utilitaires. Souvent ces bêtes ont des plaies sur le dos. Asservir d'autres créatures vous fait renaître vous-même en servitude. Cependant, si votre propre corps, vos paroles et votre esprit sont consacrés au service des êtres infinis, vous allez renaître dans une bonne famille et vous serez aimé de tous.

En bref, toute espèce de paix et de bonheur en ce monde résulte de la volonté d'être bénéfique à autrui. Quels que soient les obstacles rencontrés, les modes de vie insatisfaisants qui nous piègent, tout cela découle du désir de paix et de bonheur uniquement pour nous-même. C'est dû à l'égocentrisme. Toutes les bonnes qualités dont on jouit dans le cycle de l'existence dès maintenant et jusqu'à accéder à la bouddhéité viennent du souci du bien-être d'autrui. Inutile d'en dire davantage. Comparez la différence entre des êtres puérils comme nous et le Bouddha Śākyamuni. Durant des vies incalculables, nous n'avons pensé qu'à nos propres intérêts et nous nous sommes souciés uniquement de nous. Voyez où nous en sommes. D'autre part, au fil de vies sans nombre, les bouddhas ont ignoré leur propre bien-être et bonheur pour se préoccuper uniquement de ceux d'autrui. La différence entre eux et nous est évidente.

Cela dit, on peut changer d'attitude en cultivant un souci pour le bien-être des autres, en laissant de côté nos propres intérêts. Sans pratiquer l'échange avec autrui, non seulement nous n'accéderons pas à la bouddhéité, mais ici même, dans ce cycle d'existence, nous ne connaîtrons pas le bonheur. Comme toutes les peurs, les peines et les ennuis proviennent de notre connaissance erronée du soi, quelle est l'utilité pour nous de ce démon ? Sans renoncer à l'égotisme et à notre conception faussée d'un soi à l'existence intrinsèque, on se révèle incapable d'éliminer la souffrance. Sans s'éloigner du feu, on ne peut éviter de se brûler.

Il faut s'offrir aux autres et chérir les êtres autant que soi-même. Il faut se penser comme appartenant aux autres. Vous devez vous assurer que votre esprit comprend la nouvelle donne. Puisque vous vous êtes offert aux autres, votre seule tâche est de satisfaire leurs souhaits. Comme vous les avez offerts à autrui, vous ne pouvez plus utiliser vos yeux, votre corps et vos paroles pour vos seuls intérêts. Il faut toujours donner la préséance aux autres. Quels que soient vos biens, il faut les employer au profit d'autrui.

D'ordinaire, ceux qui sont moins bien lotis vous jalousent, ceux qui sont à égalité vous concurrencent, et ceux qui sont mieux nantis vous malmènent. À votre tour, vous bousculez les plus faibles, vous entrez en compétition avec vos pairs et vous enviez ceux qui se trouvent dans de meilleures situations. Essayons de visualiser ces trois catégories : ceux qui sont au-dessous, à égalité, et au-dessus de nous. Ayant cultivé une certaine aspiration à l'esprit d'éveil, imaginez prendre parti pour chacune d'entre d'elles et ressentir jalousie, compétitivité et agressivité envers votre ancien moi. En d'autres termes, cultivez l'intention renouvelée de prendre parti pour les autres et dénigrez votre ancien moi. Soyez jaloux de lui, faites-lui concurrence. Vous trouverez peut-être plus facile d'adopter le rôle de spectateur ou de témoin. D'un côté, imaginez un groupe de gens démunis, et de l'autre, votre moi ancien, celui qui a toujours été égocentrique, absorbé par ses propres intérêts, celui qui a été utilisé pour enfoncer les plus faibles, concurrencer les égaux et envier les mieux lotis.

En adoptant une attitude impartiale à propos des actions négatives de votre ancien moi, vous ne pourrez faire autrement que de vous ranger aux côtés du groupe. Vous êtes capable de voir les manquements de votre ancien moi : avec les moins bien lotis, vous le jalousez ; avec le groupe de vos égaux, vous lui faites concurrence, et avec les mieux lotis, vous le regardez de haut. Autrement dit, imaginez prendre parti tour à tour avec ces divers groupes et considérer votre ancien moi égoïste comme une autre personne. Il vous faut ensuite méditer délibérément la convoitise, la compétitivité et l'orgueil.

D'abord, la jalousie est à méditer avec les plus démunis. Vous vous rendez compte que votre ancien moi égoïste est respecté, alors que nous, c'est-à-dire tous les autres, ne le sommes pas. Votre ancien moi possède beaucoup de biens et reçoit mille louanges, alors que nous sommes moqués et diffamés. Votre vieux moi connaît la paix et le bonheur, alors que nous endurons ennuis, difficultés et souffrances. Le vieux moi est connu à travers le monde, tandis que l'on nous considère comme inférieurs et sans qualités.

Les problèmes des êtres, comme l'incapacité à observer la moralité, ne sont pas innés. Ils surgissent en raison du pouvoir des émotions perturbatrices. Ce n'est pas que les êtres soient mauvais de nature. Si le vieux moi a quelque qualité, il doit s'en servir pour aider et réconforter les autres. Il doit pouvoir supporter les difficultés. En raison de la négligence d'un moi égocentrique, nous autres sommes jetés dans le gouffre d'une existence défavorable. Non seulement le vieux moi n'a aucune compassion pour autrui, mais il est aussi hâbleur et fanfaron. C'est ainsi que l'on génère la rivalité.

Autre étape, la méditation concentrée sur la jalousie de votre ancien moi. Afin de voir les êtres comme supérieurs à lui, imaginez que nous ayons biens et respect. On proclame nos qualités à travers le monde, tout en dénigrant les vôtres. Dissimulées nos fautes, on nous respecte et l'on nous offre des présents, et rien pour l'ancien moi. S'il fait quelque chose de malencontreux, on le montre du doigt et on se délecte de son humiliation.

La méditation suivante porte sur les êtres considérés comme supérieurs. Le vieux moi illusionné ne peut rivaliser avec nous. Même s'il le veut, il n'y a pas compétition, car en termes d'instruction, de sagesse, de beauté et de biens, le vieux moi égocentrique n'est pas à égalité avec nous. Quand nos qualités sont claironnées, nous ressentons un plaisir mental et physique, on est à même de savourer paix et bonheur. Bien que le vieux moi ait eu quelque bien, comme il œuvre pour nous, on lui donnera simplement de quoi vivre et on s'appropriera le reste. Puisse sa fortune décliner, et nous lui nuirons comme il nous a si souvent nui.

Au fil de temps innombrables, notre attitude égocentrique ne nous a apporté que maux dans le cycle de l'existence. Chacun n'aspire qu'à satisfaire ses propres ambitions. Pourtant, on ne sait pas comment s'y prendre. Malgré d'incroyables difficultés depuis des temps incalculables, rien n'a été obtenu sinon la souffrance. Depuis des temps sans commencement jusqu'à aujourd'hui, vous vous êtes chéri. Tout en ayant fait de votre mieux en vue d'améliorer votre situation présente, vous avez échoué dans la course au bonheur. Continuer de vous chérir ne changera rien à la situation actuelle. C'est pourquoi il vous faut absolument commencer à réaliser les souhaits d'autrui et éliminer leurs peines.

Vous devez exercer votre esprit à être prioritairement concerné par le bien-être des autres, conformément aux enseignements du Bouddha, qui sont solides et fiables. Peu à peu, les avantages se dessineront. Si vous vous étiez engagé depuis longtemps dans la pratique d'échange de votre bien-être contre les maux de vos semblables, vous auriez pu déjà avoir acquis les qualités excellentes d'un bouddha.

Aussi, comme par la force de l'habitude vous considérez le résultat de l'union du sperme et de l'ovule de vos parents comme « je », bientôt vous serez aussi capable de générer une attitude similaire à l'égard des autres êtres. Les défauts de l'égocentrisme évalués, il faut s'en débarrasser et s'impliquer volontairement dans la recherche du bonheur d'autrui.

À ce point, réfléchissez à votre ancien moi égocentrique comme si c'était encore vous. « Tu es heureux, et les autres ne le sont pas. Tu es bien, et les autres vont mal. Tu te soucies de toi, mais pas d'autrui. Pourquoi serais-je jaloux de toi ? » Détachez-vous du bonheur et prenez sur vous les maux d'autrui. À partir de là, dans la vie quotidienne, jour et nuit, en allant et en venant, assis ou étendu, observez ce que vous pensez. Utilisez l'attention et la vigilance pour examiner vos fautes. En voyant les autres mal se comporter, acceptez leurs erreurs comme si c'étaient les vôtres. Et si vous commettez la moindre bévue, reconnaissez-la ouvertement. En tressant des lauriers à autrui, laissez leur réputation briller davantage que la vôtre. Mettez-vous au service des autres. Ne vous pavanez pas pour un profit éphémère. Jusqu'à présent, en ne vous souciant que de vous-même, vous avez toujours nui aux autres. Priez maintenant afin que tous ces maux retombent sur vous en vue de leur faire quelque bien. Ne laissez pas votre esprit s'agiter ou se cabrer. Qu'il demeure calme et paisible.

C'est ainsi que vous devez penser et vous conduire. Si l'esprit égoïste regimbe, maîtrisez-le immédiatement, de force. Sous l'emprise de l'égocentrisme depuis des temps immémoriaux, vous ne vous êtes attiré que nuisances et souffrances. Prenez maintenant le contrôle de cette attitude fâcheuse et détruisez-la. Si l'esprit s'y refuse, après maints avis réitérés, la seule chose qui reste à faire, c'est de la briser. Elle se fonde sur une erreur. Pis encore, l'égocentrisme vous a souvent mené à votre perte dans le passé. Quand vous étiez ignorant et confondu, que vous ne saviez pas comment cultiver les causes du bonheur ni éliminer celles de la souffrance, l'égocentrisme a pris le dessus et vous a démoli.

Ce temps est révolu. Maintenant, vous savez comment l'égoïsme amène maux et ruine. Si vous penchez toujours et encore pour vos seuls intérêts, laissez de côté cette attitude erronée. Maintenant que vous les avez troqués contre ceux d'autrui, ne vous découragez pas. Offrez vos services, vos capacités et votre potentiel afin d'aider les autres. Si vous échouez par négligence, les conséquences négatives vous apporteront destruction et tort. Si vous les laissez vous submerger, ce sera l'enfer. Devant ces résultats pernicieux, arrêtez de songer uniquement à vous. Si vous voulez vous protéger, générez un esprit concerné par le bien-être des êtres. Gardez-les et protégez-les. Plus vous garderez et protégerez votre corps, plus il deviendra vulnérable. Il sera incapable de tolérer la moindre douleur, le plus petit ennui. Vous tomberez dans une impuissance plus grande encore. Ayant chuté si bas, vous générerez encore davantage d'attachement. Et, même si vous obteniez tous les trésors de la terre, aucun ne vous satisferait ni ne vous comblerait.

Finalement, ce corps qui vous préoccupe tellement et que vous soignez tant, il mourra. Il s'effondrera. L'esprit quitte le corps, qui devient cadavre. Il sera incapable de se mouvoir, car c'est la conscience qui l'animait. Dès que celle-ci s'éloigne, le corps commence à décliner et à se disloquer. Il n'est qu'une source de peur, alors pourquoi tant le chérir ? D'un point de vue objectif, ce corps est comme un bout de bois. Quand bien même vous l'entretenez en lui donnant nourriture et boisson, il n'est en rien reconnaissant. Même dévoré par des vautours, il ne montre aucun déplaisir. Il ne reconnaît ni le bien ni le mal qui lui est fait, alors pourquoi s'y attacher ? Pareillement, il ne sait s'il est loué ou blâmé, alors pourquoi tant se fatiguer pour lui ?

Si vous êtes attaché à votre corps comme à un vieil ami, dans la mesure où tous les êtres sensibles ressentent la même chose à ce propos, vous devriez avoir la même affection pour tous les autres corps. Ainsi, pour le bien de tous les êtres, renoncez à l'attachement au corps. Même s'il a des défauts et que de par sa nature il est fait d'immondes substances déplaisantes, si vous êtes capable de l'utiliser à bonne fin, employez-le comme outil pour accomplir des desseins divers. Jusqu'à maintenant, votre attitude a été futile comme celle d'un enfant. Il est grand temps à présent de changer et de suivre la voie des sages. Comme les bouddhas et bodhisattvas compatissants, il faut accepter ce qui est à faire. Sinon, comment en finir avec la souffrance ?

SAGESSE

Toutes les pratiques expliquées jusqu'ici — générosité, patience, et ainsi de suite — ont été enseignées par le Bouddha pour aboutir à celle de la sagesse. Sagesse veut dire beaucoup de choses. Il y a, par exemple, la sagesse des cinq sciences. Ici, il s'agit de la sagesse qui réalise la vacuité, celle qui comprend la réalité. Le grand maître indien Nagârjûna l'a dit :

> *Je rends hommage au Bouddha*
> *Qui a professé l'incomparable enseignement*
> *Que l'avènement dépendant et la vacuité*
> *Ont la même signification que la voie moyenne.*

Un Bouddha possède nombre de qualités physiques, verbales et mentales, mais ici, il est salué en termes de sagesse, qui dit que la réalisation précise que la signification de la vacuité, de l'avènement dépendant et de la voie médiane sont synonymes. Des raisons importantes en témoignent. Vastes sont les implications de l'enseignement de l'interdépendance. Dans l'ensemble, toute chose vient à l'existence en fonction de facteurs et conditions. Ainsi, nos expériences de bonheur ou de souffrance naissent de causes spécifiques. Dans la mesure où nous voulons le bonheur, il nous faut en découvrir les causes et les réaliser concrètement. Et comme nous rejetons la souffrance, il faut également en découvrir les causes et les éliminer. Tel est le sens des Quatre Nobles Vérités que le Bouddha a enseignées durant la première période de mise en branle de la Roue de la doctrine : la souffrance, sa cause, la possibilité de sa cessation, et la voie qui y mène. Ce que nous voulons, en fait, c'est être heureux. La satisfaction ressentie tandis que l'on vagabonde dans le cycle de l'existence est sans doute une espèce de bonheur, mais il n'est pas stable. Ce que nous voulons surtout, c'est un bonheur qui dure. Être totalement dégagé de la souffrance est une forme stable et durable de bonheur. Tel est le but que nous cherchons à atteindre, et ce qui nous y aidera, c'est la voie.

Comme les choses adviennent en fonction de leurs causes, les Écritures bouddhistes ne proposent aucun soi expérimentant le bonheur et la souffrance indépendamment de causes. De même, elles n'affirment aucun créateur indépendant de l'univers. L'assertion d'un soi ou d'un créateur indépendants contredit la thèse que toute chose dépend d'une cause. Si l'on accepte que tout est conditionné, il est logique qu'on ne puisse accepter un soi permanent, dépourvu de parties et indépendant. Pareillement, il serait contradictoire et logiquement inconsistant d'accepter un créateur indépendant de l'univers.

La raison que ces phénomènes sont dénués d'existence intrinsèque est qu'ils viennent à l'existence en fonction d'autres causes. Ils dépendent également de leurs parties, ainsi que de la pensée qui les désigne par des noms. Néanmoins, le fait que les choses sont vides d'existence intrinsèque n'implique pas qu'elles n'existent pas du tout. Elles existent de par l'assemblage de plusieurs facteurs, et parce qu'elles viennent à exister dans la dépendance de ces facteurs, elles sont dénuées d'indépendance et d'existence intrinsèque. Il s'agit là de démontrer que la vacuité signifie avènement dépendant. Si l'on comprend la vacuité en tant qu'avènement dépendant, on ne tombe pas dans l'extrême du nihilisme. De même, en parlant de choses qui adviennent en dépendance de causes, on comprend qu'elles sont dépourvues d'existence indépendante, ce qui contrecarre l'opinion extrême de la permanence. C'est pourquoi il est enseigné que la vacuité, l'interdépendance et la voie médiane signifient toutes la même chose.

Comme tous les phénomènes sont vides d'existence intrinsèque, les émotions perturbatrices affligeant l'esprit ne sont pas innées, elles ne sont pas présentes dès le principe dans l'esprit. D'emblée, l'esprit n'est que clarté et conscience. Ce sont ses qualités primordiales. L'attachement et la haine surviennent incidemment et peuvent donc être écartés. La possibilité de le débarrasser des éléments qui le contaminent et de cultiver les qualités d'un bouddha est une faculté intrinsèque de l'esprit.

Parmi les disciples du Bouddha lui-même, il y avait des gens aux penchants et intérêts mentaux différents. Il en a tenu compte dans son enseignement et a donné des explications de niveaux divers. C'est pourquoi l'on trouve apparemment des significations multiples dans les Écritures. On peut classer les textes en deux catégories : les définitifs, et ceux qui requièrent une interprétation. En se limitant à ses discours définitifs, soit les enseignements susceptibles d'acceptation littérale, il est possible de suivre la conception du Bouddha concernant le mode ultime de l'existence des choses.

Prenons un exemple dans le *Trésor de la connaissance*, où les dimensions du Soleil et de la Terre sont comparées à la moitié de la hauteur du mont Mérou ; la montagne censée être l'axe de l'Univers. La mesure est donnée en termes anciens, équivalant à environ quatre cents miles. Les Écritures se réfèrent au même Soleil et à la même Lune que les chercheurs peuvent mesurer aujourd'hui. Ce qu'elles disent diffère de la perception directe donnée par les instruments scientifiques. On ne peut défendre ce que dit le texte s'il est en contradiction avec la connaissance scientifique. Ainsi, quand bien même les Écritures consignent ce qui a été enseigné par le Bouddha, que nous considérons comme un maître fiable, si ce que dit le texte ne résiste pas à la raison, on ne saurait l'accepter littéralement. Il convient de l'interpréter dans la perspective du Bouddha et de ses intentions.

Ainsi, une explication du *Trésor de la connaissance* dit que l'esprit à l'instant de la mort peut être vertueux ou non. Il n'empêche qu'un autre texte, le *Compendium de la connaissance,* explique qu'au moment de la mort, l'esprit ne saurait être que neutre, tandis que le Tantra Yoga supérieur note qu'il est même possible d'accomplir des pratiques de vertu à l'instant du trépas. Ces versions diffèrent, et peut-être est-il difficile de les harmoniser par la raison. Quand on relève de légères différences dans les explications des divers sutras et tantra, il faut se souvenir que les textes du Tantra portent essentiellement sur la présentation de l'esprit. Ils distinguent de multiples niveaux de l'esprit subtil et grossier, et expliquent comment se focaliser spécifiquement sur eux. Nombre de procédés de la pratique yogique peuvent être prouvés par la raison et jaugés en partie par notre propre expérience. Donc, en prenant ces textes tantriques comme point de référence principal, les explications des autres textes doivent être soumis à l'interprétation et ne sauraient être acceptés littéralement.

Dans le domaine de la science moderne, il existe de nombreuses disciplines telles la cosmologie, la neurobiologie, la psychologie et la physique des particules issues de recherches de générations de scientifiques. Leurs conclusions sont étroitement liées aux enseignements bouddhistes. C'est pourquoi j'estime très important pour les érudits et penseurs bouddhistes d'approfondir leurs connaissances en ces matières. En même temps, certains concepts sont inacceptables pour des scientifiques. Deux raisons peuvent expliquer cela. Une chose n'est pas acceptée faute d'exister. Mais il est aussi possible qu'elle ne soit pas acceptée parce que son existence n'a pas encore été démontrée. Ainsi, la recherche scientifique de l'existence d'un sujet particulier peut révéler une multitude de failles logiques. Si l'on persiste dans ce cas à accepter son existence, c'est contredire la raison. S'il est clairement prouvé que l'existence d'une chose ne saurait être démontrée par investigation, alors, d'un point de vue bouddhiste, on accepte qu'elle n'existe pas. Si la science apporte des preuves qui contredisent tant soit peu tel ou tel aspect de la doctrine bouddhiste telle qu'elle est énoncée dans les textes, il nous faudra bien admettre que ledit enseignement est sujet à interprétation. On ne saurait agréer littéralement un enseignement du simple fait qu'il a été donné par le Bouddha ; il faut examiner s'il contredit ou non la raison. S'il n'y résiste pas, on ne peut l'accepter littéralement. Il nous faut analyser ces textes afin de découvrir l'intention et le but sous-jacents, et les considérer comme sujets à interprétation. C'est pourquoi l'on accorde une telle importance à l'investigation dans le bouddhisme.

Ces recherches peuvent être de catégories diverses. Dans la mesure où c'est l'esprit humain qui les mène, celui-ci ne doit pas se méprendre sur l'objet de sa concentration. Ce que détermine pareil esprit est fiable. Cependant, on ne saurait se fier à une décision prise par un mental dévoyé ou douteux. Il est donc nécessaire de présenter l'esprit dans tous ses détails. À la différence des recherches sur le monde extérieur, en scrutant la nature de l'esprit, notre but premier est de favoriser un certain changement positif. On cherche à amener une transformation, à métamorphoser un mental sauvage et indiscipliné en un esprit calme et serein. C'est pourquoi la littérature bouddhiste est riche en discussions approfondies sur la nature de l'esprit et les facteurs mentaux. On y trouve également des explications minutieuses des changements dans un mental individuel passant d'un état initial de méprise à une phase de connaissance et de conscience.

Quand il s'agit des aspects les plus profonds de la nature de l'objet, le cheminement de l'idée fausse au savoir est graduel. Ainsi, on peut partir d'une position totalement erronée, en s'entêtant dans une opinion contraire à la réalité. À mesure de l'examen, en arrivant à saisir les raisons défiant notre point de vue, le mental passe d'une idée totalement fausse à une étape d'indécision, ou de doute. Une étude plus poussée mène de cette phase d'hésitation à l'évidence que la conviction antérieure était fausse : c'est la phase de présomption correcte. Il n'empêche, à ce stade, on n'a peut-être pas encore passé au crible de la vérification l'objet tel qu'il est appréhendé par un esprit juste. Peu à peu, on en viendra à façonner un mental capable de tirer des conclusions correctes. En méditant ensuite la signification telle qu'on l'a comprise, on se familiarise avec elle. En fin de compte, en accédant à la clarté portant sur l'objet de la méditation, l'esprit devient une conscience directe et valide. C'est ainsi que l'on exerce le mental.

Lorsque l'esprit entame pareille recherche, l'un des aspects du processus est de savoir d'emblée que les choses ont un mode naturel et inné d'existence. C'est pourquoi, en amorçant son enquête, le mental cherche la vérité, ou la réalité. La réalité n'est pas fabriquée derechef par l'esprit. Donc, quand on cherche la signification de la vérité, on cherche la réalité, le mode réel d'existence des choses. Qu'il s'agisse de phénomènes extérieurs ou intérieurs, il importe de comprendre leur mode d'existence et leur fonctionnement. On appelle cela la logique de la *quiddité*, ce qui veut dire que l'on scrute les choses sur la base de leur *ainsité* ou de leur nature. Dans le cas du mental, par exemple, il convient d'abord de reconnaître ses processus naturels. Il nous faut être capable de discerner entre la pure clarté de l'esprit et ces aspects qui apparaissent quand adviennent des facteurs étrangers comme l'attachement.

Autre exemple, celui de notre expérience au cours d'une journée. Si l'on est mécontent le matin, les autres sentiments peuvent en être colorés le jour durant, quand bien même il n'y a pas de relation causale entre l'impression matinale et les perceptions ultérieures. Cela arrive en raison de l'influence d'une pensée particulière sur notre état mental. Aussi bien en ce qui concerne des matériaux physiques, deux substances différentes peuvent s'assembler pour en produire une autre possédant des qualités tout à fait différentes de l'une ou l'autre prise individuellement. On l'observe lors de réactions chimiques. Dans le cas de l'esprit, une pensée forte le matin peut nous rendre plus ou moins heureux durant la journée par les empreintes qu'elle a laissées. En raison d'un sentiment de malaise, on peut se laisser provoquer plus facilement, des petites choses peuvent nous irriter. Par ailleurs, il suffit un jour d'un sentiment de bien-être, même trompeur, on ne s'en fait pas trop et l'on s'en accommode. À l'évidence, les fluctuations de l'esprit dépendent de la convergence de situations et de circonstances diverses. Des circonstances favorables engagent à prendre ennuis et tracas à la légère, alors que des conditions fâcheuses poussent à l'intolérance.

Il est vrai qu'il n'y a point de phénomène qui ne soit désigné par l'esprit. Ce qui ne veut pas dire que tout ce qui est nommé par l'esprit doit nécessairement exister. Ainsi, on peut imaginer une corne de lapin, mais en réalité, aucun lapin n'a de corne. Il nous faut connaître le mode d'existence des choses. Comme les lois de la nature ne sauraient être modifiées à volonté par la pensée, il nous faut les accepter telles quelles et suivre un processus de transformation de l'esprit qui ne les contredise pas. C'est ainsi que l'on sera capable de cultiver le bonheur et de minimiser la souffrance.

Parce que la colère nous rend malheureux, on dit qu'il serait bon de l'éliminer. Parce que la compassion et la bonté aimante engendrent un sentiment de bonheur, on dit qu'il est bon de développer ces qualités. Très bien, mais jusqu'à un certain point, colère et bonté aimante s'opposent l'une à l'autre, si elles ne s'excluent pas mutuellement. En raisonnant de la sorte, puisque ces deux processus mentaux ont des caractéristiques opposées, en s'efforçant de cultiver et de développer la bonté aimante, la colère sera amoindrie. C'est ainsi que l'on peut persévérer. On fait l'effort de cultiver la bonté aimante et de dissiper la colère, car celle-ci est cause de mal-être, et la première, de bonheur.

Il importe de sonder les choses de cette manière. On recherche la signification de la vérité, et l'on peut s'en convaincre par l'analyse et la recherche. Le grand commentateur indien Haribhadra décrit deux sortes de gens qui suivent les enseignements du Bouddha. Il y a ceux à l'intelligence affûtée qui le font par la raison, et ceux, moins intelligents, qui se fient à la foi. Les premiers examinent la signification des enseignements, utilisant la raison pour scruter s'il y a des failles logiques. Quand ils réalisent que les enseignements reposent sur une fondation valide, ils ont confiance et sont inspirés à les suivre, quand bien même ils n'ont pas encore complètement pénétré leur signification. La méthode générale présentée dans les enseignements en vue d'éliminer les défauts de l'esprit se fonde sur l'utilisation de la raison. Quelqu'un qui doute d'un sujet particulier est également un bon candidat à l'usage de la raison. C'est pourquoi je dis souvent à ceux qui souhaitent devenir pratiquants bouddhistes qu'ils doivent d'abord être sceptiques.

Dans la vie, on entreprend d'innombrables activités et l'on reçoit quantité d'informations sensorielles du monde autour de nous. On a tendance à voir toutes ces activités et tous ces phénomènes qui nous apparaissent comme absolument vrais. Autrement dit, nous sommes leurrés par l'idée que les choses existent de la façon dont elles se manifestent à nous. La différence entre l'apparence des choses et leur mode réel d'existence est la source de nombre de nos tracas. Par conséquent, examiner ce désaccord et scruter la réalité, le mode ultime d'exister, sont le cœur de toute la pensée philosophique bouddhiste. Il est établi par l'analyse, la recherche et l'expérience.

Toutes les écoles de pensée bouddhistes acceptent ce que l'on appelle les Quatre Sceaux : tout composé est impermanent ; toute chose contaminée est misérable ; tous les phénomènes sont vides et dénués de soi ; le nirvana est paix. Dès l'instant où ils viennent à l'existence, tous les phénomènes conditionnés sont éphémères par nature et ne perdurent même pas un moment. Cette fugacité résulte de la cause elle-même, sans implication d'aucun autre facteur. Tout ce qui est composé de parties, ou déterminé par des causes et conditions, est impermanent et passager. Rien ne demeure pour l'éternité, tout se désintègre continuellement. Cette manière d'impermanence subtile est confirmée par les recherches scientifiques.

Impermanents, les phénomènes composés résultent en général de causes. Ce qui nous concerne particulièrement ici, c'est la nature de l'ensemble de composants physiques et mentaux qui constituent la personne. Ils procèdent d'émotions aliénantes et erronées, ou d'actions contaminées, ce pourquoi l'on s'y réfère comme à des objets pollués. Les émotions perturbatrices sont dominées par l'ignorance, le malentendu sur l'existence intrinsèque. Être sujet à l'ignorance et à d'autres émotions conflictuelles est souffrance, s'en affranchir est paix.

La question est de savoir s'il nous faut souffrir sans fin. Le troisième constat, « tous les phénomènes sont vides et dénués de soi », dit clairement que non. Mais quand bien même il en est ainsi, les choses semblent avoir une existence intrinsèque. Cette perception d'une existence inhérente est fausse, c'est une façon erronée de penser, dénuée de fondement valide. La force de notre perception inexacte ne se fonde sur aucune raison valable ni sur aucune base solide, mais provient d'une longue habitude à l'erreur. En nous efforçant de comprendre la signification de la vacuité et la nature de l'altruisme, on sera à même d'éliminer nos conceptions gauchies et d'y gagner une perception de la vraie nature des choses. Les émotions conflictuelles, cause de nos idées factices, peuvent être éliminées. L'ignorance, malentendu sur l'existence intrinsèque, peut être dissipée. Une fois écartées ces causes contaminées, on atteint la paix. Nous disons que le nirvana est paix, car il est fiable et non trompeur.

L'ensemble de l'enseignement et de la pratique bouddhistes se fonde sur le principe de l'interdépendance. Pourquoi ? En premier lieu, les pratiques liées à l'établissement de la vérité ultime, la compréhension de la vacuité d'existence véritable, ne sont possibles que pour cette raison. Puisque les choses adviennent en fonction d'autres causes et conditions, elles sont naturellement dénuées d'existence indépendante et autonome. En utilisant ce raisonnement, on réfute les conceptions erronées concernant l'existence intrinsèque. Ainsi, c'est par la compréhension de la signification de l'interdépendance qu'on peut développer une appréhension renouvelée de la vacuité, et la développer en l'amplifiant. Ensuite, puisque les choses naissent d'autres facteurs, il est possible de comprendre que notre bonheur et notre souffrance proviennent de nos propres actions. De même, la majorité de nos expériences, positives ou négatives, implique d'autres êtres. Si on les néglige, on est perdant, et si l'on prend soin d'eux, on en bénéficie aussi. Ainsi, l'ensemble du mode de vie bouddhiste découle de cette notion de l'interdépendance. L'attitude bouddhiste de non-violence, visant à ne pas nuire à autrui, procède de l'altruisme, et les pratiques méditatives qui lui sont liées reposent toutes sur ce même fondement.

La vacuité est une autre manière d'expliquer l'interdépendance. En utilisant ce raisonnement, on est à même de comprendre que les choses sont dénuées d'existence intrinsèque, ou inhérente. C'est dans cette perspective des phénomènes conventionnels dépendants et existant par désignation qu'est présentée la relation inéluctable entre la cause et l'effet. Et c'est dans ce contexte que l'on entreprend des pratiques comme la compassion, la bonté aimante, le don, l'éthique, la patience, l'effort et la méditation.

Certaines catégories, comme l'attachement ou la haine, sont fondées sur la fausse conception d'une existence objective des choses. Cultiver un esprit concentré sur l'altruisme s'oppose au malentendu d'une existence authentique, affaiblissant ainsi automatiquement la force de l'attachement et de la haine. Des catégories positives, comme l'amour et la compassion, n'ont pas besoin du support de l'ignorance, la conception erronée de l'existence vraie, pour se développer. De fait, en combinant la pratique de la vacuité et les moyens habiles de l'esprit d'éveil, ils s'entraident l'un l'autre, accroissant et renforçant notre puissance mentale. Graduellement, l'état d'esprit saisissant la vacuité par une image mentale perd sa dualité, se transformant en une vision non conceptuelle et directe de la vacuité. À mesure que l'on se familiarise avec cette pratique, tous les défauts temporaires se dissipent dans la sphère de la pureté naturelle, de même que cesse l'apparition de toute élaboration. Cet état ultime d'apaisement profond, aux caractéristiques de cessation complète de tous les concepts, est appelé Corps de vérité du Bouddha.

Afin de surmonter les émotions perturbatrices, il convient de développer la perception de la vacuité. Aussi longtemps que l'on se méprend en pensant que les composants mentaux et physiques existent de façon intrinsèque, on se leurre également sur le soi. Et tant que l'on est sujet à la méprise du soi, on accumule du karma négatif, alors que la renaissance découle du karma. Par conséquent, afin d'accéder au nirvana et de s'affranchir du cycle de l'existence, il est nécessaire de cultiver la perception de la vacuité. Il convient donc de la cultiver en se fondant sur l'apprentissage préalable de la pacification mentale. Des diverses sortes de sagesse, il faut cultiver spécifiquement celle qui fonctionne en tant qu'antidote aux entraves à l'éveil. Cette sagesse-là doit être imprégnée de la pratique des cinq premières perfections, qui ont été enseignées en vue de cultiver la bouddhéité.

Il ne suffit pas de réaliser simplement la vacuité, il faut aussi s'en familiariser minutieusement : réfléchir à sa signification, et observer les phénomènes de ce point de vue. Ainsi, quant on regarde un groupe de personnes, on remarque les nombreuses expressions de leurs visages, qui dépendent toutes de causes et de conditions. Pourtant, rien n'a d'existence intrinsèque. Mais quand bien même les choses en sont dépourvues, elles paraissent en avoir. En conséquence, il y a bien divergence entre l'apparence et le mode réel d'exister.

Parvenu à cette compréhension, on est capable de tout voir comme un rêve, ou comme une illusion. Une fois cela acquis, on prise l'absence d'essence de toute chose, ce qui permet de réduire l'attachement et la colère. Dans la mesure où tous les phénomènes sont par nature vides d'existence inhérente, il n'y a rien à gagner ni à perdre. En expliquant la vision du réel, le VIe dalaï-lama disait que les différents phénomènes — formes, sons, etc. — se manifestent aux six sens. Il disait qu'il y avait beaucoup à voir dans ces apparitions, et qu'elles peuvent sembler belles et diverses, ce qui n'empêche que leur mode réel d'exister n'est pas cette manière d'apparaître. Tout ce qui se présente à l'esprit donne l'impression d'avoir une existence intrinsèque. C'est dû à l'ignorance qui l'obscurcit. Il convient de le comprendre. Dès qu'une apparence surgit, on sait alors, sans se laisser leurrer, qu'elle est dénuée d'existence.

En dernier ressort, face à la peine ou à la joie, y a-t-il de quoi se réjouir ou de quoi être découragé ? À qui s'attacher, et pourquoi ? Nous avons des protecteurs, des refuges, des gens à regarder de haut, des amis, des ennemis. Il faut tous les voir comme un rêve, une illusion, et garder à leur égard une attitude mentale d'équanimité. Cela ne signifie pas qu'il n'y a pas de différence entre le Bien et le Mal, ou que les choses n'existent pas du tout. Même si le désir est souvent considéré comme négatif, la quête du nirvana est une espèce de désir. Au niveau conventionnel, le nirvana est un but à atteindre, et le cycle de l'existence, une chose dont se défaire. C'est pourquoi l'on médite la vacuité. Il n'y a rien de mal à appeler ami un ami, et ennemi un ennemi. Mais il est mauvais de prendre prétexte de l'amitié pour s'attacher à quiconque. De même, c'est une erreur de se mettre en colère contre quelqu'un que l'on considère comme son ennemi, car c'est penser que l'ennemi est entièrement mauvais. C'est une attitude indue. En se fondant sur le fait que les choses n'existent que par désignation, on doit être à même de tout voir comme une illusion, un rêve.

Pour soi, on veut le bonheur, et l'on se perçoit comme ayant soi-même une existence intrinsèque. Ce malentendu ne fait que renforcer l'égocentrisme. Quand on médite le gourou, on essaie de le visualiser au centre d'un lotus à huit pétales à hauteur du cœur. C'est assez difficile. Et pourtant, l'attitude égocentrique et la conception erronée d'un soi à l'existence inhérente y demeurent tranquillement sans effort. On continue à prendre refuge et à s'incliner devant son propre égotisme, comme s'il s'agissait d'un saint lama accueilli à bras ouverts dans notre cœur. Regardez notre condition, notre triste état, la situation qui en découle et qui est la nôtre. Les bouddhas considéraient l'attitude égocentrique comme le plus hostile des ennemis. Ils l'ont combattue et accédé à l'éveil. Certains des maîtres kadampa disaient : « Quand bien même mon être tout entier succomberait à la force des émotions perturbatrices, j'essaierais encore et toujours de les déchirer à coups "de dents". » Défiant l'égocentrisme, ils proclamaient : « Maintenant que je te vois, égotisme, toi qui m'a amené tant de tracas, je vais te combattre et te briser l'échine ! »

Allié à l'idée fausse d'un soi à l'existence inhérente, l'égocentrisme ne nous a jamais apporté que tourments. C'est que, en dépit de notre désir de bonheur, on se heurte toujours au malheur, à la souffrance, à l'égarement. Tel a été notre lot depuis des temps sans commencement. Parfois peut-être sommes-nous nés dans quelque royaume céleste, voire comme roi des dieux, mais même à ce niveau-là, l'égocentrisme et le malentendu à propos d'un soi à l'existence intrinsèque persistent tranquillement dans nos esprits. En conséquence, le bonheur nous échappe. Tant que l'on demeure dans le cycle de l'existence, ces fléaux nous privent d'une paix et d'un bonheur durables.

L'égocentrisme nous relance sans cesse dans le cycle de l'existence. Même en jouissant périodiquement de paix et de bonheur temporaires, nous sommes distraits, nous faisons fausse route, nous tombons dans des existences défavorables, et nous trouvons des tourments sans fin. Ceux d'entre nous qui se proclament des disciples ordonnés du Bouddha se considèrent peut-être comme de bons pratiquants. Mais si, en réalité, on est sous l'emprise d'une attitude égocentrique et d'une fausse idée du soi, on peut se prendre pour quelqu'un de très particulier et prétendre protéger et accorder refuge à d'autres personnes. Pareil orgueil mène à la chute dans une existence défavorable.

La manière de surmonter ces maux est de considérer les phénomènes comme dépourvus d'existence intrinsèque, à le comprendre et à le méditer. En s'y conformant avec respect, on accumule du mérite, on s'affranchit du cycle de l'existence et finalement, on accède à l'éveil. D'abord, il faut écouter les instructions d'un maître, étudier et méditer. Essayez de comprendre les points essentiels de la pratique. Considérez tous les enseignements comme de bonnes instructions et des conseils avisés. Le savoir pour le savoir est inutile, il faut pratiquer avec persévérance. Vous pouvez dire que vous êtes en retraite, alors qu'en fait, dans votre petite chambre, vous vous reposez et prenez vos aises. Ce n'est pas là persévérer — ce qui veut dire une pratique sincère et sérieuse.

J'ai déjà entendu parler de méditants qui demeurent joliment en posture et méditent longtemps. Pourtant, ils ne montrent guère de chaleur envers leurs étudiants. Leur esprit baigne toujours dans une espèce de neutralité, sans guère être concerné ni par les maux ni par le bonheur d'autrui. Cela découle peut-être d'un flou mental. Quand elles méditent, ces personnes laissent tellement leur esprit dans le vague qu'il n'y a ni clarté ni sensation. Autrement dit, elles méditent le néant, non pas la vacuité d'existence intrinsèque, mais l'inexistence totale de toute chose. C'est peut-être pourquoi elles n'ont guère de sentiment.

Si votre pratique fait de vous une personne sans cœur, insouciante de la paix ou de la souffrance d'autrui, elle n'est pas bonne. C'est pourquoi non seulement durant la méditation, mais aussi dans les périodes qui suivent, il faut toujours veiller aux portes des sens. Soyez toujours attentif à votre esprit. Si vous méditez en particulier l'esprit d'éveil, il faut toujours clamer et proclamer les qualités d'autrui, et cacher les siennes. Cultivez une foi profonde et observez les dix bonnes actions. Évitez une vie dissipée, toutes sortes de chocs, étudiez et méditez la signification des Écritures, œuvrez au bien-être de tous les êtres de l'univers. Permettez-moi de conclure par la très puissante prière de Shantideva, celle que je récite tous les jours :

> *Tant que durera l'espace*
> *Tant qu'il y aura des êtres sensibles*
> *Puissé-je moi aussi demeurer*
> *Pour dissiper les souffrances du monde.*

Table des matières

Introduction	9
L'esprit d'éveil	23
Mourir en paix	47
Un but dans la vie	69
De la vigilance dans la vie	91
Patience	111
Créer la confiance	129
Pratique du méditant	153
Sagesse	179

IMPRESSION : **BUSSIÈRE CAMEDAN IMPRIMERIES** À SAINT-AMAND (CHER)
DÉPÔT LÉGAL : SEPTEMBRE 1999. N° 35757-2 (994847/1)

Collection Points

SÉRIE SAGESSES

dirigée par Vincent Bardet et Jean-Louis Schlegel

Sa1. Paroles des anciens. Apophtegmes des Pères du désert
 par Jean-Claude Guy
Sa2. Pratique de la voie tibétaine, *par Chögyam Trungpa*
Sa3. Célébration hassidique, *par Elie Wiesel*
Sa4. La Foi d'un incroyant, *par Francis Jeanson*
Sa5. Le Bouddhisme tantrique du Tibet, *par John Blofeld*
Sa6. Le Mémorial des saints, *par Farid-ud-D'in' Attar*
Sa7. Comprendre l'Islam, *par Frithjof Schuon*
Sa8. Esprit zen, esprit neuf, *par Shunryu Suzuki*
Sa9. La Bhagavad Gîtâ, *traduction et commentaires
 par Anne-Marie Esnoul et Olivier Lacombe*
Sa10. Qu'est-ce que le soufisme?, *par Martin Lings*
Sa11. La Philosophie éternelle, *par Aldous Huxley*
Sa12. Le Nuage d'inconnaissance
 traduit de l'anglais par Armel Guerne
Sa13. L'Enseignement du Bouddha, *par Walpola Rahula*
Sa14. Récits d'un pèlerin russe, *traduit par Jean Laloy*
Sa15. Le Nouveau Testament
 traduit par Émile Osty et Joseph Trinquet
Sa16. La Voie et sa vertu. Tao-tê-king, *par Lao-tzeu*
Sa17. L'Imitation de Jésus-Christ, *traduit par Lamennais*
Sa18. Le Mythe de la liberté, *par Chögyam Trungpa*
Sa19. Le Pèlerin russe, trois récits inédits
Sa20. Petite Philocalie de la prière du cœur
 traduit et présenté par Jean Gouillard
Sa21. Le Zohar, *extraits choisis et présentés
 par Gershom G. Scholem*
Sa22. Les Pères apostoliques
 traduction et introduction par France Quéré
Sa23. Vie et Enseignement de Tierno Bokar
 par Amadou Hampaté Bâ
Sa24. Entretiens de Confucius, *traduction par Anne Cheng*
Sa25. Sept Upanishads, *par Jean Varenne*
Sa26. Méditation et Action, *par Chögyam Trungpa*
Sa27. Œuvres de saint François d'Assise
Sa28. Règles des moines, *introduction et présentation
 par Jean-Pie Lapierre*
Sa29. Exercices spirituels par saint Ignace de Loyola
 traduction et commentaires par Jean-Claude Guy
Sa30. La Quête du Graal, *présenté et établi
 par Albert Béguin et Yves Bonnefoy*

- Sa31. Confessions de saint Augustin
  traduction par Louis de Mondadon
- Sa32. Les Prédestinés, *par Georges Bernanos*
- Sa33. Les Hommes ivres de Dieu, *par Jacques Lacarrière*
- Sa34. Évangiles apocryphes, *par France Quéré*
- Sa35. La Nuit obscure, *par saint Jean de la Croix*
  traduction du P. Grégoire de Saint-Joseph
- Sa36. Découverte de l'Islam, *par Roger Du Pasquier*
- Sa37. Shambhala, *par Chögyam Trungpa*
- Sa38. Un saint soufi du XXe siècle, *par Martin Lings*
- Sa39. Le Livre des visions et instructions
  par Angèle de Foligno
- Sa40. Paroles du Bouddha, *traduit du chinois par Jean Eracle*
- Sa41. Né au Tibet, *par Chögyam Trungpa*
- Sa42. Célébration biblique, *par Elie Wiesel*
- Sa43. Les Mythes platoniciens, *par Geneviève Droz*
- Sa44. Dîwân, *par Husayn Mansûr Hallâj*
- Sa45. Questions zen, *par Philip Kapleau*
- Sa46. La Voie du samouraï, *par Thomas Cleary*
- Sa47. Le Prophète *et* Le Jardin du Prophète
  par Khalil Gibran
- Sa48. Voyage sans fin, *par Chögyam Trungpa*
- Sa49. De la mélancolie, *par Romano Guardini*
- Sa50. Essai sur l'expérience de la mort
  par Paul-Louis Landsberg
- Sa51. La Voie du karaté, *par Kenji Tokitsu*
- Sa52. Le Livre brûlé, *par Marc-Alain Ouaknin*
- Sa53. Shiva, *traduction et commentaires d'Alain Porte*
- Sa54. Retour au silence, *par Dainin Katagiri*
- Sa55. La Voie du Bouddha, *par Kyabdjé Kalou Rinpoché*
- Sa56. Vivre en héros pour l'éveil, *par Shantideva*
- Sa57. Hymne de l'univers, *par Pierre Teilhard de Chardin*
- Sa58. Le Milieu divin, *par Pierre Teilhard de Chardin*
- Sa59. Les Héros mythiques et l'Homme de toujours
  par Fernand Comte
- Sa60. Les Entretiens de Houang-po
  présentation et traduction de Patrick Carré
- Sa61. Folle Sagesse, *par Chögyam Trungpa*
- Sa62. Mythes égyptiens, *par George Hart*
- Sa63. Mythes nordiques, *par R. I. Page*
- Sa64. Nul n'est une île, *par Thomas Merton*
- Sa65. Écrits mystiques des Béguines
  par Hadewijch d'Anvers
- Sa66. La Liberté naturelle de l'esprit, *par Longchenpa*
- Sa67. La Sage aux champignons sacrés, *par Maria Sabina*
- Sa68. La Mystique rhénane, *par Alain de Libera*
- Sa69. Mythes de la Mésopotamie, *par Henrietta McCall*
- Sa70. Proverbes de la sagesse juive, *par Victor Malka*
- Sa71. Mythes grecs, *par Lucilla Burn*

Sa72. Écrits spirituels d'Abd el-Kader
présentés et traduits de l'arabe par Michel Chodkiewicz
Sa73. Les Fioretti de saint François
introduction et notes d'Alexandre Masseron
Sa74. Mandala, *par Chögyam Trungpa*
Sa75. La Cité de Dieu
1. Livres I à X, *par saint Augustin*
Sa76. La Cité de Dieu
2. Livres XI à XVII, *par saint Augustin*
Sa77. La Cité de Dieu
3. Livres XVIII à XXII, *par saint Augustin*
Sa78. Entretiens avec un ermite de la sainte Montagne
sur la prière du cœur, *par Hiérothée Vlachos*
Sa79. Mythes perses, *par Vesta Sarkhosh Curtis*
Sa80. Sur le vrai bouddhisme de la Terre Pure, *par Shinran*
Sa81. Le Tabernacle des Lumières, *par Ghazâlî*
Sa82. Le Miroir du cœur. Tantra du Dzogchen
traduit du tibétain et commenté par Philippe Cornu
Sa83. Yoga, *par Tara Michaël*
Sa84. La Pensée hindoue, *par Émile Gathier*
Sa85. Bardo. Au-delà de la folie, *par Chögyam Trungpa*
Sa86. Mythes aztèques et mayas, *par Karl Taube*
Sa87. Partition rouge, *par Florence Delay et Jacques Roubaud*
Sa88. Traité du Milieu, *par Nagarjuna*
Sa89. Construction d'un château, *par Robert Misrahi*
Sa90. Mythes romains, *par Jane F. Gardner*
Sa91. Le Cantique spirituel, *par saint Jean de la Croix*
Sa92. La Vive Flamme d'amour, *par saint Jean de la Croix*
Sa93. Philosopher par le Feu, *par Françoise Bonardel*
Sa94. Le Nouvel Homme, *par Thomas Merton*
Sa95. Vivre en bonne entente avec Dieu, *par Baal-Shem-Tov
paroles recueillies par Martin Buber*
Sa96. Être plus, *par Pierre Teilhard de Chardin*
Sa97. Hymnes de la religion d'Aton
traduits de l'égyptien et présentés par Pierre Grandet
Sa98. Mythes celtiques, *par Miranda Jane Green*
Sa99. Le Soûtra de l'estrade du Sixième Patriarche Houei-neng
par Fa-hai
Sa100. Vie écrite par elle-même, *par Thérèse d'Avila*
Sa101. Seul à seul avec Dieu, *par Janusz Korczak*
Sa102. L'Abeille turquoise, *par Tsangyang Gyatso
chants d'amour présentés et traduits par Zéno Bianu*
Sa103. La Perfection de sagesse
*traduit du tibétain par Georges Driessens
sous la direction de Yonten Gyatso*
Sa104. Le Sentier de rectitude, *par Moïse Hayyim Luzzatto*
Sa105. Tantra. La voie de l'ultime, *par Chögyam Trungpa*
Sa106. Les Symboles chrétiens primitifs, *par Jean Daniélou*
Sa107. Le Trésor du cœur des êtres éveillés, *par Dilgo Khyentsé*

Sa108.	La Flamme de l'attention, *par Krishnamurti*
Sa109.	Proverbes chinois, *par Roger Darrobers*
Sa110.	Les Récits hassidiques, tome 1, *par Martin Buber*
Sa111.	Les Traités, *par Maître Eckhart*
Sa112.	Krishnamurti, *par Zéno Bianu*
Sa113.	Les Récits hassidiques, tome 2, *par Martin Buber*
Sa114.	Ibn Arabî et le Voyage sans retour, *par Claude Addas*
Sa115.	Abraham ou l'Invention de la foi, *par Guy Lafon*
Sa116.	Padmasambhava, *par Philippe Cornu*
Sa117.	Socrate, *par Micheline Sauvage*
Sa118.	Jeu d'illusion, *par Chögyam Trungpa*
Sa119.	La Pratique de l'éveil de Tipola à Trungpa *par Fabrice Midal*
Sa120.	Cent Éléphants sur un brin d'herbe *par le Dalaï-Lama*
Sa121.	Tantra de l'union secrète, *par Yonten Gyatso*
Sa122.	Le Chant du Messie, *par Michel Bouttier*
Sa123.	Sermons et Oraisons funèbres, *par Bossuet*
Sa124.	Qu'est-ce que le hassidisme?, *par Haïm Nisenbaum*
Sa125.	Dernier Journal, *par Krishnamurti*
Sa126.	L'Art de vivre. Méditation Vipassaná enseignée par S. N. Goenka, *par William Hart*
Sa127.	Le Château de l'âme, *par Thérèse d'Avila*
Sa128.	Sur le Bonheur / Sur l'Amour *par Pierre Teilhard de Chardin*
Sa129.	L'Entraînement de l'esprit et l'Apprentissage de la bienveillance *par Chögyam Trungpa*
Sa130.	Petite Histoire du Tchan, *par Nguên Huu Khoa*
Sa131.	Le Livre de la piété filiale, *par Confucius*
Sa132.	Le Coran, *traduit par Jean Grosjean*
Sa133.	L'Ennuagement du cœur, *par Rûzbehân*
Sa134.	Les Plus Belles Légendes juives, *par Victor Malka*
Sa135.	La Fin'amor, *par Jean-Claude Marol*
Sa136.	L'Expérience de l'éveil, *par Nan Huai-Chin*
Sa137.	La Légende dorée, *par Jacques de Voragine*
Sa138.	Paroles d'un soufi, *par Kharaqânî*
Sa139.	Jérémie, *par André Neher*
Sa140.	Comment je crois, *par Pierre Teilhard de Chardin*
Sa141.	Man-Fei-tse ou le Tao du prince *par Han Fei*
Sa142.	Connaître, soigner, aimer, *par Hippocrate*
Sa143.	La parole est un monde, *par Anne Stamm*
Sa144.	El Dorado, *par Zéno Bianu et Luis Mizón*
Sa145.	Les Alchimistes *par Michel Caron et Serge Hutin*
Sa146.	Le Livre de la Cour Jaune, *par Patrick Carré*
Sa147.	Du bonheur de vivre et de mourir en paix *par Sa Sainteté le Dalaï-Lama*

Collection Points

SÉRIE ESSAIS

DERNIERS TITRES PARUS

87. Le Traître, *par André Gorz*
88. Psychiatrie et Antipsychiatrie, *par David Cooper*
89. La Dimension cachée, *par Edward T. Hall*
90. Les Vivants et la Mort, *par Jean Ziegler*
91. L'Unité de l'homme, *par le Centre Royaumont*
    1. Le primate et l'homme
    par E. Morin et M. Piattelli-Palmarini
92. L'Unité de l'homme, *par le Centre Royaumont*
    2. Le cerveau humain
    par E. Morin et M. Piattelli-Palmarini
93. L'Unité de l'homme, *par le Centre Royaumont*
    3. Pour une anthropologie fondamentale
    par E. Morin et M. Piattelli-Palmarini
94. Pensées, *par Blaise Pascal*
95. L'Exil intérieur, *par Roland Jaccard*
96. Semeiotiké, recherches pour une sémanalyse
    par Julia Kristeva
97. Sur Racine, *par Roland Barthes*
98. Structures syntaxiques, *par Noam Chomsky*
99. Le Psychiatre, son « fou » et la psychanalyse
    par Maud Mannoni
100. L'Écriture et la Différence, *par Jacques Derrida*
101. Le Pouvoir africain, *par Jean Ziegler*
102. Une logique de la communication
     par P. Watzlawick, J. Helmick Beavin, Don D. Jackson
103. Sémantique de la poésie, *par T. Todorov, W. Empson,
     J. Cohen, G. Hartman, F. Rigolot*
104. De la France, *par Maria-Antonietta Macciocchi*
105. Small is beautiful, *par E. F. Schumacher*
106. Figures II, *par Gérard Genette*
107. L'Œuvre ouverte, *par Umberto Eco*
108. L'Urbanisme, *par Françoise Choay*
109. Le Paradigme perdu, *par Edgar Morin*
110. Dictionnaire encyclopédique des sciences du langage
     par Oswald Ducrot et Tzvetan Todorov
111. L'Évangile au risque de la psychanalyse, tome 1
     par Françoise Dolto
112. Un enfant dans l'asile, *par Jean Sandretto*
113. Recherche de Proust, *ouvrage collectif*
114. La Question homosexuelle
     par Marc Oraison

115. De la psychose paranoïaque dans ses rapports avec la personnalité, *par Jacques Lacan*
116. Sade, Fourier, Loyola, *par Roland Barthes*
117. Une société sans école, *par Ivan Illich*
118. Mauvaises Pensées d'un travailleur social *par Jean-Marie Geng*
119. Albert Camus, *par Herbert R. Lottman*
120. Poétique de la prose, *par Tzvetan Todorov*
121. Théorie d'ensemble, *par Tel Quel*
122. Némésis médicale, *par Ivan Illich*
123. La Méthode
    1. La nature de la nature, *par Edgar Morin*
124. Le Désir et la Perversion, *ouvrage collectif*
125. Le Langage, cet inconnu, *par Julia Kristeva*
126. On tue un enfant, *par Serge Leclaire*
127. Essais critiques, *par Roland Barthes*
128. Le Je-ne-sais-quoi et le Presque-rien
    1. La manière et l'occasion
    par Vladimir Jankélévitch
129. L'Analyse structurale du récit, Communications 8 *ouvrage collectif*
130. Changements, Paradoxes et Psychothérapie *par P. Watzlawick, J. Weakland et R. Fisch*
131. Onze Études sur la poésie moderne *par Jean-Pierre Richard*
132. L'Enfant arriéré et sa mère, *par Maud Mannoni*
133. La Prairie perdue (Le Roman américain) *par Jacques Cabau*
134. Le Je-ne-sais-quoi et le Presque-rien
    2. La méconnaissance, *par Vladimir Jankélévitch*
135. Le Plaisir du texte, *par Roland Barthes*
136. La Nouvelle Communication, *ouvrage collectif*
137. Le Vif du sujet, *par Edgar Morin*
138. Théories du langage, Théories de l'apprentissage *par le Centre Royaumont*
139. Baudelaire, la Femme et Dieu, *par Pierre Emmanuel*
140. Autisme et Psychose de l'enfant, *par Frances Tustin*
141. Le Harem et les Cousins, *par Germaine Tillion*
142. Littérature et Réalité, *ouvrage collectif*
143. La Rumeur d'Orléans, *par Edgar Morin*
144. Partage des femmes *par Eugénie Lemoine-Luccioni*
145. L'Évangile au risque de la psychanalyse, tome 2 *par Françoise Dolto*
146. Rhétorique générale, *par le Groupe µ*
147. Système de la mode, *par Roland Barthes*
148. Démasquer le réel, *par Serge Leclaire*
149. Le Juif imaginaire, *par Alain Finkielkraut*

150. Travail de Flaubert, *ouvrage collectif*
151. Journal de Californie, *par Edgar Morin*
152. Pouvoirs de l'horreur, *par Julia Kristeva*
153. Introduction à la philosophie de l'histoire de Hegel
    par Jean Hyppolite
154. La Foi au risque de la psychanalyse
    par Françoise Dolto et Gérard Séverin
155. Un lieu pour vivre, *par Maud Mannoni*
156. Scandale de la vérité, *suivi de* Nous autres Français
    par Georges Bernanos
157. Enquête sur les idées contemporaines
    par Jean-Marie Domenach
158. L'Affaire Jésus, *par Henri Guillemin*
159. Paroles d'étranger, *par Élie Wiesel*
160. Le Langage silencieux, *par Edward T. Hall*
161. La Rive gauche, *par Herbert R. Lottman*
162. La Réalité de la réalité, *par Paul Watzlawick*
163. Les Chemins de la vie, *par Joël de Rosnay*
164. Dandies, *par Roger Kempf*
165. Histoire personnelle de la France, *par François George*
166. La Puissance et la Fragilité, *par Jean Hamburger*
167. Le Traité du sablier, *par Ernst Jünger*
168. Pensée de Rousseau, *ouvrage collectif*
169. La Violence du calme, *par Viviane Forrester*
170. Pour sortir du XXe siècle, *par Edgar Morin*
171. La Communication, Hermès I, *par Michel Serres*
172. Sexualités occidentales, Communications 35
    ouvrage collectif
173. Lettre aux Anglais, *par Georges Bernanos*
174. La Révolution du langage poétique, *par Julia Kristeva*
175. La Méthode
    2. La vie de la vie, *par Edgar Morin*
176. Théories du symbole, *par Tzvetan Todorov*
177. Mémoires d'un névropathe, *par Daniel Paul Schreber*
178. Les Indes, *par Édouard Glissant*
179. Clefs pour l'Imaginaire ou l'Autre Scène
    par Octave Mannoni
180. La Sociologie des organisations, *par Philippe Bernoux*
181. Théorie des genres, *ouvrage collectif*
182. Le Je-ne-sais-quoi et le Presque-rien
    3. La volonté de vouloir, *par Vladimir Jankélévitch*
183. Le Traité du rebelle, *par Ernst Jünger*
184. Un homme en trop, *par Claude Lefort*
185. Théâtres, *par Bernard Dort*
186. Le Langage du changement, *par Paul Watzlawick*
187. Lettre ouverte à Freud, *par Lou Andreas-Salomé*
188. La Notion de littérature, *par Tzvetan Todorov*
189. Choix de poèmes, *par Jean-Claude Renard*

190. Le Langage et son double, *par Julien Green*
191. Au-delà de la culture, *par Edward T. Hall*
192. Au jeu du désir, *par Françoise Dolto*
193. Le Cerveau planétaire, *par Joël de Rosnay*
194. Suite anglaise, *par Julien Green*
195. Michelet, *par Roland Barthes*
196. Hugo, *par Henri Guillemin*
197. Zola, *par Marc Bernard*
198. Apollinaire, *par Pascal Pia*
199. Paris, *par Julien Green*
200. Voltaire, *par René Pomeau*
201. Montesquieu, *par Jean Starobinski*
202. Anthologie de la peur, *par Éric Jourdan*
203. Le Paradoxe de la morale, *par Vladimir Jankélévitch*
204. Saint-Exupéry, *par Luc Estang*
205. Leçon, *par Roland Barthes*
206. François Mauriac
    1. Le sondeur d'abîmes (1885-1933)
    par Jean Lacouture
207. François Mauriac
    2. Un citoyen du siècle (1933-1970)
    par Jean Lacouture
208. Proust et le Monde sensible, *par Jean-Pierre Richard*
209. Nus, Féroces et Anthropophages, *par Hans Staden*
210. Œuvre poétique, *par Léopold Sédar Senghor*
211. Les Sociologies contemporaines, *par Pierre Ansart*
212. Le Nouveau Roman, *par Jean Ricardou*
213. Le Monde d'Ulysse, *par Moses I. Finley*
214. Les Enfants d'Athéna, *par Nicole Loraux*
215. La Grèce ancienne, tome 1
    par Jean-Pierre Vernant et Pierre Vidal-Naquet
216. Rhétorique de la poésie, *par le Groupe µ*
217. Le Séminaire. Livre XI, *par Jacques Lacan*
218. Don Juan ou Pavlov
    par Claude Bonnange et Chantal Thomas
219. L'Aventure sémiologique, *par Roland Barthes*
220. Séminaire de psychanalyse d'enfants, tome 1
    par Françoise Dolto
221. Séminaire de psychanalyse d'enfants, tome 2
    par Françoise Dolto
222. Séminaire de psychanalyse d'enfants
    tome 3, Inconscient et destins, *par Françoise Dolto*
223. État modeste, État moderne, *par Michel Crozier*
224. Vide et Plein, *par François Cheng*
225. Le Père : acte de naissance, *par Bernard This*
226. La Conquête de l'Amérique, *par Tzvetan Todorov*
227. Temps et Récit, tome 1, *par Paul Ricœur*
228. Temps et Récit, tome 2, *par Paul Ricœur*
229. Temps et Récit, tome 3, *par Paul Ricœur*

230. Essais sur l'individualisme, *par Louis Dumont*
231. Histoire de l'architecture et de l'urbanisme modernes
    1. Idéologies et pionniers (1800-1910), *par Michel Ragon*
232. Histoire de l'architecture et de l'urbanisme modernes
    2. Naissance de la cité moderne (1900-1940)
    par Michel Ragon
233. Histoire de l'architecture et de l'urbanisme modernes
    3. De Brasilia au post-modernisme (1940-1991)
    par Michel Ragon
234. La Grèce ancienne, tome 2
    par Jean-Pierre Vernant et Pierre Vidal-Naquet
235. Quand dire, c'est faire, *par J. L. Austin*
236. La Méthode
    3. La Connaissance de la Connaissance, *par Edgar Morin*
237. Pour comprendre *Hamlet*, *par John Dover Wilson*
238. Une place pour le père, *par Aldo Naouri*
239. L'Obvie et l'Obtus, *par Roland Barthes*
240. Mythe et Société en Grèce ancienne
    par Jean-Pierre Vernant
241. L'Idéologie, *par Raymond Boudon*
242. L'Art de se persuader, *par Raymond Boudon*
243. La Crise de l'État-providence, *par Pierre Rosanvallon*
244. L'État, *par Georges Burdeau*
245. L'Homme qui prenait sa femme pour un chapeau
    par Oliver Sacks
246. Les Grecs ont-ils cru à leurs mythes ?, *par Paul Veyne*
247. La Danse de la vie, *par Edward T. Hall*
248. L'Acteur et le Système
    par Michel Crozier et Erhard Friedberg
249. Esthétique et Poétique, *collectif*
250. Nous et les Autres, *par Tzvetan Todorov*
251. L'Image inconsciente du corps, *par Françoise Dolto*
252. Van Gogh ou l'Enterrement dans les blés
    par Viviane Forrester
253. George Sand ou le Scandale de la liberté, *par Joseph Barry*
254. Critique de la communication, *par Lucien Sfez*
255. Les Partis politiques, *par Maurice Duverger*
256. La Grèce ancienne, tome 3
    par Jean-Pierre Vernant et Pierre Vidal-Naquet
257. Palimpsestes, *par Gérard Genette*
258. Le Bruissement de la langue, *par Roland Barthes*
259. Relations internationales
    1. Questions régionales, *par Philippe Moreau Defarges*
260. Relations internationales
    2. Questions mondiales, *par Philippe Moreau Defarges*
261. Voici le temps du monde fini
    par Albert Jacquard
262. Les Anciens Grecs, *par Moses I. Finley*
263. L'Éveil, *par Oliver Sacks*

264. La Vie politique en France, *ouvrage collectif*
265. La Dissémination, *par Jacques Derrida*
266. Un enfant psychotique, *par Anny Cordié*
267. La Culture au pluriel, *par Michel de Certeau*
268. La Logique de l'honneur, *par Philippe d'Iribarne*
269. Bloc-notes, tome 1 (1952-1957), *par François Mauriac*
270. Bloc-notes, tome 2 (1958-1960), *par François Mauriac*
271. Bloc-notes, tome 3 (1961-1964), *par François Mauriac*
272. Bloc-notes, tome 4 (1965-1967), *par François Mauriac*
273. Bloc-notes, tome 5 (1968-1970), *par François Mauriac*
274. Face au racisme
   1. Les moyens d'agir
   sous la direction de Pierre-André Taguieff
275. Face au racisme
   2. Analyses, hypothèses, perspectives
   sous la direction de Pierre-André Taguieff
276. Sociologie, *par Edgar Morin*
277. Les Sommets de l'État, *par Pierre Birnbaum*
278. Lire aux éclats, *par Marc-Alain Ouaknin*
279. L'Entreprise à l'écoute, *par Michel Crozier*
280. Nouveau Code pénal
   présentation et notes de Me Henri Leclerc
281. La Prise de parole, *par Michel de Certeau*
282. Mahomet, *par Maxime Rodinson*
283. Autocritique, *par Edgar Morin*
284. Être chrétien, *par Hans Küng*
285. A quoi rêvent les années 90 ?, *par Pascale Weil*
286. La Laïcité française, *par Jean Boussinesq*
287. L'Invention du social, *par Jacques Donzelot*
288. L'Union européenne, *par Pascal Fontaine*
289. La Société contre nature, *par Serge Moscovici*
290. Les Régimes politiques occidentaux
   par Jean-Louis Quermonne
291. Éducation impossible, *par Maud Mannoni*
292. Introduction à la géopolitique
   par Philippe Moreau Defarges
293. Les Grandes Crises internationales et le Droit
   par Gilbert Guillaume
294. Les Langues du Paradis, *par Maurice Olender*
295. Face à l'extrême, *par Tzvetan Todorov*
296. Écrits logiques et philosophiques, *par Gottlob Frege*
297. Recherches rhétoriques, Communications 16
   ouvrage collectif
298. De l'interprétation, *par Paul Ricœur*
299. De la parole comme d'une molécule, *par Boris Cyrulnik*
300. Introduction à une science du langage
   par Jean-Claude Milner
301. Les Juifs, la Mémoire et le Présent
   par Pierre Vidal-Naquet

302. Les Assassins de la mémoire
    par Pierre Vidal-Naquet
303. La Méthode
    4. Les idées, *par Edgar Morin*
304. Pour lire Jacques Lacan, *par Philippe Julien*
305. Événements I
    Psychopathologie du quotidien, *par Daniel Sibony*
306. Événements II
    Psychopathologie du quotidien, *par Daniel Sibony*
307. Les Origines du totalitarisme
    Le système totalitaire, *par Hannah Arendt*
308. La Sociologie des entreprises, *par Philippe Bernoux*
309. Vers une écologie de l'esprit 1.
    par Gregory Bateson
310. Les Démocraties, *par Olivier Duhamel*
311. Histoire constitutionnelle de la France
    par Olivier Duhamel
312. Droit constitutionnel, *par Olivier Duhamel*
313. Que veut une femme?, *par Serge André*
314. Histoire de la révolution russe
    1. Février, *par Léon Trotsky*
315. Histoire de la révolution russe
    2. Octobre, *par Léon Trotsky*
316. La Société bloquée, *par Michel Crozier*
317. Le Corps, *par Michel Bernard*
318. Introduction à l'étude de la parenté
    par Christian Ghasarian
319. La Constitution, *introduction et commentaires*
    par Guy Carcassonne
320. Introduction à la politique
    par Dominique Chagnollaud
321. L'Invention de l'Europe, *par Emmanuel Todd*
322. La Naissance de l'histoire (tome 1)
    par François Châtelet
323. La Naissance de l'histoire (tome 2)
    par François Châtelet
324. L'Art de bâtir les villes, *par Camillo Sitte*
325. L'Invention de la réalité
    sous la direction de Paul Watzlawick
326. Le Pacte autobiographique
    par Philippe Lejeune
327. L'Imprescriptible, *par Vladimir Jankélévitch*
328. Libertés et Droits fondamentaux
    *sous la direction de Mireille Delmas-Marty
    et Claude Lucas de Leyssac*
329. Penser au Moyen Age, *par Alain de Libera*
330. Soi-Même comme un autre, *par Paul Ricœur*
331. Raisons pratiques, *par Pierre Bourdieu*
332. L'Écriture poétique chinoise, *par François Cheng*

333. Machiavel et la Fragilité du politique
     par Paul Valadier
334. Code de déontologie médicale, *par Louis René*
335. Lumière, Commencement, Liberté
     par Robert Misrahi
336. Les Miettes philosophiques
     par Søren Kierkegaard
337. Des yeux pour entendre, *par Oliver Sacks*
338. De la liberté du chrétien *et* Préfaces à la Bible
     par Martin Luther (bilingue)
339. L'Être et l'Essence
     par Thomas d'Aquin et Dietrich de Freiberg (bilingue)
340. Les Deux États, *par Bertrand Badie*
341. Le Pouvoir et la Règle, *par Erhard Friedberg*
342. Introduction élémentaire au droit
     par Jean-Pierre Hue
343. Science politique
     1. La Démocratie, *par Philippe Braud*
344. Science politique
     2. L'État, *par Philippe Braud*
345. Le Destin des immigrés, *par Emmanuel Todd*
346. La Psychologie sociale
     par Gustave-Nicolas Fischer
347. La Métaphore vive, *par Paul Ricœur*
348. Les Trois Monothéismes, *par Daniel Sibony*
349. Éloge du quotidien. Essai sur la peinture
     hollandaise du xviiie siècle, *par Tzvetan Todorov*
350. Le Temps du désir. Essai sur le corps et la parole
     par Denis Vasse
351. La Recherche de la langue parfaite dans la culture européenne
     par Umberto Eco
352. Esquisses pyrrhoniennes, *par Pierre Pellegrin*
353. De l'ontologie, *par Jeremy Bentham*
354. Théorie de la justice, *par John Rawls*
355. De la naissance des dieux à la naissance du Christ
     par Eugen Drewermann
356. L'Impérialisme, *par Hannah Arendt*
357. Entre-Deux, *par Daniel Sibony*
358. Paul Ricœur, *par Olivier Mongin*
359. La Nouvelle Question sociale
     par Pierre Rosanvallon
360. Sur l'antisémitisme, *par Hannah Arendt*
361. La Crise de l'intelligence, *par Michel Crozier*
362. L'Urbanisme face aux villes anciennes
     par Gustavo Giovannoni
363. Le Pardon, *collectif dirigé par Olivier Abel*
364. La Tolérance, *collectif dirigé par Claude Sahel*
365. Introduction à la sociologie politique
     par Jean Baudouin

366. Séminaire, livre I : les écrits techniques de Freud
    par Jacques Lacan
367. Identité et Différence, *par John Locke*
368. Sur la nature ou sur l'étant,
    la langue de l'être ?, *par Parménide*
369. Les Carrefours du labyrinthe, I
    par Cornelius Castoriadis
370. Les Règles de l'art, *par Pierre Bourdieu*
371. La Pragmatique aujourd'hui,
    une nouvelle science de la communication
    par Anne Reboul et Jacques Moeschler
372. La Poétique de Dostoïevski, *par Mikhaïl Bakhtine*
373. L'Amérique latine, *par Alain Rouquié*
374. La Fidélité, *collectif dirigé par Cécile Wajsbrot*
375. Le Courage, *collectif dirigé par Pierre Michel Klein*
376. Le Nouvel Age des inégalités
    par Jean-Paul Fitoussi et Pierre Rosanvallon
377. Du texte à l'action, essais d'herméneutique II
    par Paul Ricœur
378. Madame du Deffand et son monde
    par Benedetta Craveri
379. Rompre les charmes, *par Serge Leclaire*
380. Éthique, *par Spinoza*
381. Introduction à une politique de l'homme, *par Edgar Morin*
382. Lectures 1. Autour du politique
    par Paul Ricœur
383. L'Institution imaginaire de la société
    par Cornelius Castoriadis
384. Essai d'autocritique et autres préfaces
    par Nietzsche
385. Le Capitalisme utopique, *par Pierre Rosanvallon*
386. Mimologiques, *par Gérard Genette*
387. La Jouissance de l'hystérique, *par Lucien Israël*
388. L'Histoire d'Homère à Augustin
    préfaces et textes d'historiens antiques
    réunis et commentés *par François Hartog*
389. Études sur le romantisme, *par Jean-Pierre Richard*
390. Le Respect, *collectif dirigé par Catherine Audard*
391. La Justice, *collectif dirigé par William Baranès
    et Marie-Anne Frison Roche*
392. L'Ombilic et la Voix, *par Denis Vasse*
393. La Théorie comme fiction, *par Maud Mannoni*
394. Don Quichotte ou le roman d'un Juif masqué
    par Ruth Reichelberg
395. Le Grain de la voix, *par Roland Barthes*
396. Critique et Vérité, *par Roland Barthes*
397. Nouveau Dictionnaire encyclopédique
    des sciences du langage
    par Oswald Ducrot et Jean-Marie Schaeffer